共和国故事

南极科考

——中国首次赴南极进行科学考察

马 夫 编写

吉林出版集团股份有限公司

图书在版编目（CIP）数据

南极科考：中国首次赴南极进行科学考察/马夫编. —

长春：吉林出版集团股份有限公司，2009.12

（共和国故事）

ISBN 978-7-5463-2100-4

Ⅰ．①南… Ⅱ．①马… Ⅲ．①纪实文学 – 中国 – 当代 Ⅳ．①I25

中国版本图书馆 CIP 数据核字（2010）第 004048 号

南极科考——中国首次赴南极进行科学考察

NANJI KEKAO   ZHONGGUO SHOUCI FU NANJI JINXING KEXUE KAOCHA

编写   马夫

责任编辑   祖航   蔡大东

出版发行   吉林出版集团股份有限公司

印刷   三河市嵩川印刷有限公司

版次   2010 年 1 月第 1 版   2022 年 1 月第 10 次印刷

开本   710mm×1000mm   1/16   印张   8   字数   69 千

书号   ISBN 978-7-5463-2100-4   定价   29.80 元

社址   吉林省长春市福祉大路 5788 号

电话   0431 – 81629968

电子邮箱   tuzi8818@126.com

版权所有   翻印必究

如有印装质量问题，请寄本社退换

前　　言

　　自 1949 年 10 月 1 日中华人民共和国成立至今,新中国已走过了 60 年的风雨历程。历史是一面镜子,我们可以从多视角、多侧面对其进行解读。然而有一点是可以肯定的,那就是,半个多世纪以来,在中国共产党的领导下,中国的政治、经济、军事、外交、文化、教育、科技、社会、民生等领域,都发生了深刻的变化,中国人民站起来了,中华民族已屹立于世界民族之林。

　　60 年是短暂的,但这 60 年带给中国的却是极不平凡的。60 年的神州大地经历了沧桑巨变。从开国大典到 60 年国庆盛典,从经济战线上的三大战役到经济总量居世界第三位,从对农业、手工业、资本主义工商业的三大改造到社会主义市场经济体制的基本确立,从宜将剩勇追穷寇到建立了强大的国防军,从废除一切不平等条约到独立自主的和平外交政策,从"双百"方针到体制改革后的文化事业欣欣向荣,从扫除文盲到实施科教兴国战略建设新型国家,从翻身解放到实现小康社会,凡此种种,中国人民在每个领域无不留下发展的足迹,写就不朽的诗篇。

　　60 年的时间在历史的长河中可谓沧海一粟。其间究竟发生了些什么,怎样发生的,过程怎样,结果如何,却非人人都清楚知道的。对此,亲身经历者或可鲜活如昨,但对后来者来说却可能只是一个概念，对某段历史的记忆影像或不存在，或是模糊的。基于此，为了让年轻人，特别是青少年永远铭记共和国这段不朽的历史，我们推出了这套《共和国故事》。

《共和国故事》虽为故事，但却与戏说无关，我们不过是想借助通俗、富于感染力的文字记录这段历史。在丛书的谋篇布局上，我们尽量选取各个时代具有代表性或深具普遍意义的若干事件加以叙述，使其能反映共和国发展的全景和脉络。为了使题目的设置不至于因大而空，我们着眼于每一重大历史事件的缘起、过程、结局、时间、地点、人物等，抓住点滴和些许小事，力求通透。

历史是复杂的，事态的发展因素也是多方面的。由于叙述者的视角、文化构成不同，对事件的认知或有不足，但这不会影响我们对整个历史事件的判断和思考，至于它能否清晰地表达出我们编辑这套书的本意，那只能交给读者去评判了。

这套丛书可谓是一部书写红色记忆的读物，它对于了解共和国的历史、中国共产党的英明领导和中国人民的伟大实践都是不可或缺的。同时，这套丛书又是一套普及性读物，既针对重点阅读人群，也适宜在全民中推广。相信它必将在我国开展的全民阅读活动中发挥大的作用，成为装备中小学图书馆、农家书屋、社区书屋、机关及企事业单位职工图书室、连队图书室等的重点选择对象。

编　者

2010 年 1 月

一、 准备进军南极

● 中国科学院竺可桢指出：中国是一个大国，
要研究极地。因为，地球是一个整体，中国
的自然环境的形成和演化是地球环境的一部
分，极地的存在和演化与中国有密切的
关系。

● 中央提出：务必精心组织，各方大力协作，
把困难想得多一点，做到安全第一，站住
脚，积累经验，为完成南极考察的长期任务
奠定好基础。

● 万里在听完汇报后指出：为国家南极科学考
察事业作贡献是很艰苦的，但这是苦中有
乐，求人民之乐，求国家之乐。

国务院批准考察报告

1984 年 6 月 25 日，国务院批准我国国家海洋局、国家南极委、国家科委、外交部和海军联合提交的《关于中国在南极洲建站和进行南大洋、南极洲科学考察的报告》。

从这一天起，我国便拉开了准备远征南极进行科学考察的历史序幕。

其实，早在建国初期，我国就已经开始酝酿遣团赴南极进行科学考察了。

例如，早在 1957 年，中国科学院副院长竺可桢教授就指出：

中国是一个大国，要研究极地。因为，地球是一个整体，中国的自然环境的形成和演化是地球环境的一部分，极地的存在和演化与中国有密切的关系。

竺可桢还建议：

在中国派遣出国留学的学生当中，要有人来学极地专业，以便将来能够从事极地方面的科学研究。

1962 年，我国在制定全国科学技术发展规划时，有一些科学家也提议：

中国应该考虑筹备赴南极进行科学考察的事情了。

1964 年 2 月 11 日，中央批准成立国家海洋局，首次把南极考察正式列入了国家的科学技术发展规划的议事日程。并且，在赋予国家海洋局的 6 项任务中，就包括"将来进行南极、北极海洋考察"。

但是，由于当时国家海洋局尚属初建，还没有来得及考虑中国南极考察问题。

1976 年 8 月以后，国家海洋局才重新开始积极酝酿中国的南极考察工作。

1977 年 5 月 25 日，我国国家海洋局提出"查清中国海、进军三大洋、登上南极洲"的目标规划，并委托海洋科技情报研究所，开始从事国外南极考察方面的情报研究工作。

同年 12 月，海洋科技情报研究所向国家海洋局提交的《南极和南极考察》情报研究报告，首次较详细地介绍了南极考察的意义、各国考察南极的历史、现状和发展动向。

而中国科学院海洋研究所的曾呈奎教授也很关心南极考察工作。他在 1978 年初，写信给副总理方毅，建议中国要积极开展这项工作。

曾呈奎在信中表示：

下一届国际地球物理年将于 1982 年举行，世界各国政府拟定的重点任务之一，就是南极考察。中国作为一个拥有世界人口 1/4 的大国，理应积极参加这项工作，为将来两极资源的开发利用做准备。

同年 6 月 26 日，方毅对这封信作出了批示：

南极考察是一个大项目，建议由国家海洋局研究实施。

8 月 21 日，中国国家海洋局经过认真研究后，向国家科学技术委员会提交了《关于开展南极考察工作的报告》（以下简称《报告》）。《报告》中详细写道：

鉴于南极洲特殊的地理位置、环境和极为丰富的自然资源，以及当前世界上一些国家的科考动向，中国应及早地开展南极考察活动。

这不仅在政治上、科学上、经济上和军事

上都具有重要意义，而且，就目前中国的工业和技术水平来看，也有条件争取早日实现这一目标。

《报告》中，中国国家海洋局还建议国家科委召集有关部门，研究讨论并成立国家南极考察委员会，以听取各单位对南极考察工作的意见，同时商定中国首次南极考察的方案及各项准备工作的要求与分工，研究南极考察船的建造或购买问题，草拟关于开展南极考察的请示报告。

10月10日，中国国家海洋局又向国务院提交了《关于开展南极考察工作》的请示报告。请示报告中就南极考察的意义、考察的主要内容、考察的步骤和时间，以及南极考察的组织领导等问题做了说明和提出了建议。

1980年5月12日，经国务院领导批阅同意后，国家科委召集国家计划委员会、外交部、财政部、国家海洋局、中国科学院等19个部、委、局的领导，开会商讨成立国家南极考察委员会的有关事宜。

会上，各部门一致赞成开展南极考察工作，并同意成立国家南极考察委员会。

1981年1月20日，经国家科委多次与有关部门协商后，再次召集有关部门研究讨论了成立国家南极考察委员会的事宜。会后，国家科委正式向国务院提交了《关于成立国家南极考察委员会的报告》。

5月11日，国务院正式批准了国家科委提交的《关于成立国家南极考察委员会的报告》。

至此，中国南极考察事业的领导机构诞生了。它标志着南极考察在中国长达半个多世纪的酝酿时期的结束，也标志着中国即将进行的南极考察活动的开始。

国家南极考察委员会的章程规定：

国家南极考察委员会隶属于国务院领导，其成员由国务院有关部、委、局和军队系统的有关部门派员兼任。

国家科委副主任武衡担任南极委主任委员，外交部副部长章文晋、国家科委二局副局长林汉雄、国家海洋局副局长律巍、中国科学院副秘书长赵北克和海军副参谋长范豫康担任南极委副主任委员。

其他 15 名委员分别来自财政部、教育部、地质部、石油部、交通部、一机部、三机部、四机部、六机部、中央气象局、解放军总参谋部、国家测绘总局、国家水产总局、国防科委和海军等 15 个部门。

国家南极考察委员会的章程还规定：

南极委系国家在南极考察、研究工作方面的领导机构，其职能是：

1. 研究中国南极考察工作中的重大问题，

向国务院提出建议。并统一领导中国的南极考察、研究和处理国内、外有关事项。

2. 制定中国南极考察工作的规划、计划。

3. 负责向国家申请南极考察工作所需经费，并负责分配给有关部门。

4. 负责组织中国与南极考察国际组织和各国南极考察组织的往来、合作。

南极委成立后，并于同年 9 月 15 日设立了日常办事机构，即国家南极考察委员会办公室，由国家海洋局代管。

南极办主任由国家海洋局副局长律巍兼任，郭琨和高钦泉担任副主任。南极办在南极委和国家海洋局的领导下，开始积极筹划我国的南极考察工作。

此后，南极委在广泛的调查研究和对南极考察具有较为全面认识的基础上，适时地制定出中国南极考察规划，并提出中国加入《南极条约》的建议以及实施中国首次南极考察的报告。

1982 年 5 月 20 日，南极委根据国务院批准的《关于成立国家南极考察委员会的报告》的文件精神，考虑到中国国民经济调整的实际情况，以及南极洲在国际政治、经济、科学和军事上的地位及其未来的发展趋势，首次编制出中国南极考察工作"六五"计划及十年设想。

"六五"计划的要点是：

为中国在南极洲建立科学考察站进行各种必要的准备工作，包括建筑器材、通讯设施、科学仪器设备和运输工具等的研制、生产或购置，以便实现1984至1985年在南极洲建立一个夏季考察站，并在南极大陆及其邻近海域进行气象、生物、地质、冰川、测绘、海洋科学和医学考察的愿望。

1983年3月31日，南极委会同外交部、国家科委和国家海洋局共同协商，认为中国要更好地开展南极考察工作，就应该尽早加入《南极条约》。

其理由是：《南极条约》在缓和各有关国家对南极领土主权要求的矛盾和冲突，确立对南极洲考察为和平目的的原则，促使南极考察活动中进行国际合作和保护南极地区生态平衡等方面，有着积极现实意义和历史意义。

此外，中国加入《南极条约》，有利于发展与其他缔约国的进一步合作和南极科学资料的交换，推动中国南极考察、研究工作的开展，填补中国科学领域的空白。

于是，南极委、外交部、国家科委和国家海洋局联合向全国人大提出了中国加入《南极条约》的建议。

5月9日，第五届全国人大常委会第二十七次会议通过了中国加入《南极条约》的决议。

6月8日，中国驻美国大使章文晋向条约保存国，即美国政府递交了加入书。从此，中国正式成为《南极条约》的缔约国之一。

1984 年 2 月 7 日，获得竺可桢野外科学工作奖的王富藻、孙鸿烈、谢自楚等 32 名专家学者，联名致书中共中央和国务院，建议中国尽快独立组建南极考察队，到南极洲建立考察站，从事南极科学考察活动。

信中表示：他们大多数虽然已进入中老年，但是，只要祖国需要，他们愿意做进军南极洲的马前卒，为祖国、为人民、为子孙后代再作一次拼搏。希望中共中央和国务院早做决定，他们时刻听从祖国的召唤。

中共中央和国务院对这封信极为重视，经过反复考虑后认为：中国这样的大国理应在南极洲有自己的考察站，同意在南极洲建立考察站，开展南极科学考察。

6 月 12 日，根据中共中央和国务院同意建站的批示，南极委、国家科委、海军、外交部和国家海洋局，就《中国首次组队进行南大洋和南极洲考察》联合向国务院和中央军委报告。

报告中建议选用国家海洋局的"向阳红 10"号远洋考察船和海军的"J - 121"号打捞救生船组成一个船队，执行南大洋和南极考察任务。

报告还对组织领导、建站地址、考察重点区域和主要项目，以及经费等问题做了较详细的说明和周密安排。

从这一天起，我国便拉开了准备远征南极进行科学考察的历史序幕。

调查研究和技术准备

1981 年 5 月，中国国家南极考察委员会成立之初，为了借鉴国外南极考察的先进经验，使中国的南极考察工作能在较高的水平上起步，南极委采取了派团出访、邀请外国专家来华指导和选派科技人员到外国南极站考察的办法，对从事南极考察较早的、经验丰富的国家，如日本、澳大利亚、新西兰、阿根廷、智利、英国和美国，进行了较为广泛的和深入的考察。

据有关资料表明，自南极委成立的 1981 年 5 月至 1984 年 8 月，我国先后派出 6 个代表团，就南极科考事宜访问了日本、美国等 7 个国家。针对赴南极考察的仪器设备、房屋建筑、通讯设备、取暖系统、运输车辆、燃料与储存、船舶性能、飞机种类、服装、食品等，进行了全面的考察和了解。

与此同时，南极委还有计划地选派一些业务能力强、外语好的科技人员，到我国友好国家的南极站上，与外国专家合作进行南极科学考察，为中国独立组队开展南极考察积累了丰富的经验，并为日后的科学考察打下了坚实的基础。

例如，早在南极委成立的前一年，即 1980 年 1 月 6 日至 3 月 26 日，我国就首次选派国家海洋局第二海洋研

究所科研人员董兆乾和中国科学院地理研究所助理研究员张青松，随澳大利亚考察队到凯西站进行综合考察和访问。

这期间，董兆乾和张青松同时还参观访问了美国的麦克默多站和新西兰的斯科特站，以及法国的迪尔维尔站。他们在了解这4个站的建筑、通讯设备、运输工具、生活设施，以及科学考察项目、仪器设备和后勤保障的同时，还进行了气象、地质、生物和海洋等学科的现场观测和取样，取得了第一批南极科学资料、数据和样品，并拍摄了许多南极自然景观的照片。

紧接着，董兆乾又被派到澳大利亚租赁的"内拉丹"号南极考察船上，参加澳大利亚执行的"首次国际南极海洋系统和储量的生物调查"的水文调查。

这期间，董兆乾与澳大利亚科学家一起，克服重重困难和险阻，圆满地完成了预定的海上考察任务，并在澳大利亚南极局的实验室里进行资料数据的处理、分析和研究工作，最后写出了考察报告和论文。

此外，董兆乾还利用登上他国4个南极站的机会，采集了南极大陆上的地质样品30余个，海洋动植物样品33个，以及海水样品10瓶。后由国家海洋局第二海洋研究所专门组织专家对这些样品进行了分析研究。

与此同时，1981年1月26日至1982年12月3日，张青松、吕培顶又先后被派往澳大利亚在南极的戴维斯站越冬。

在这期间，张青松主要从事西福尔丘陵的第四纪地质地貌考察，采集了大量标本和样品，并对该区陆缘冰地貌进行了定位观测。吕培顶主要进行海洋生物考察。

1981年11月，南极委还派卞林根到澳大利亚莫森站越冬，进行气象学研究；谢自楚到澳大利亚凯西站越冬，进行冰川考察；王声远和叶德赞到新西兰斯科特站度夏，进行地球化学和生物学考察。

1982年1月26日至2月9日，南极委首次派出以郭琨为组长的4人考察组，对智利和阿根廷在南极站的机构设置、建筑设施、主要装备、生活设施、管理经验、考察项目、考察内容、研究水平和长远目标等进行了全面考察，并且探索了今后开展政府间合作的可能性及其方式，以便为中国日后在南极洲建站做准备。

11月5日至11月26日，南极委派出以南极委副主任、国家海洋局副局长律巍为团长的5人考察团，对日本南极考察的仪器设备、房屋建筑、通讯设备、取暖系统、运输车辆、燃料与储存、船舶性能、飞机种类、服装、食品等，进行了全面的考察。

同时，考察团还系统地了解了日本南极考察的管理体制、研究机构、南极考察规划、经费预算及后勤保障等。

11月21日至12月19日，以南极委主任武衡为团长的4人代表团，参观访问了新西兰和澳大利亚，比较系统地考察了两国的南极考察的进展和南极站的建筑、装备、仪器设备，以及后勤保障和管理方面的情况。

与此同时，1982年11月，南极委还派遣蒋加伦到澳大利亚戴维斯站越冬，进行浮游生物考察；陈善敏和宁修仁赴智利马尔什站度夏，进行气象学考察；钱嵩林赴澳大利亚凯西站越冬，进行冰川考察。

1983年8月27日至9月23日，南极委派出以汪龙文为团长的5人代表团访问了英国，了解了英国的南极考察机构、管理体制、科学规划、重点研究课题和取得的重大成果。同时，了解了英国南极考察使用的装备、仪器设备，搜集了一些情报资料。

同年11月，南极委派秦大河到澳大利亚凯西站越冬，进行冰川考察；王自磐和曹冲到澳大利亚戴维斯站越冬，分别进行浮游生物和高空大气物理考察。

同时，南极委还派遣卞林根到阿根廷马兰比奥站度夏，从事气象观测；陈时华随日本的"白凤丸"船，从事南大洋生态系和生物资源考察，研究项目包括浮游生物、浮游动物、南大洋微生物生态学；王友恒到阿根廷布朗站越冬，进行气象学观测；魏春江和董金海赴智利马尔什站度夏，进行海兽考察；李华梅和许昌赴新西兰斯科特站度夏，分别进行地质考察，包括第四纪沉积物、火山岩系、比康系和基底古老系；王荣到阿根廷的马兰比奥站和尤巴尼站进行了考察。

1984年1月14日至2月19日，南极委又派出以南极委副主任、国家海洋局局长罗任如为团长的4人代表团，访问了阿根廷的南极机构，并随"天堂湾"号抗冰船参观访问了阿根廷的南极站。

这次访问，不仅学习了阿根廷的南极考察经验，还对南极半岛地区和南设得兰群岛的自然环境有了感性的认识，为中国日后在西南极洲选择建站站址提供了依据。

7月9日至8月2日，以南极委主任武衡为团长的5人代表团，先后参观访问了日本国立极地研究所和美国国家科学基金会南极规划局。对南极考察的具体组队、实施方法、运输工具、仪器设备等进行深入细致的了解。

另外，1984年3月2日至16日、1984年7月3日至12日，南极委两次派员到日本国立极地研究所，分别参加了日本第二十六次南极考察队的夏季和冬季训练，为中国自行训练南极考察队员搜集了教材，培养了人才。

随后，南极委又邀请外国的南极专家、学者来华参观访问。这些南极专家、学者在访华期间，通过座谈会、学术报告会的形式，向中国有关人员介绍了他们国家的南极考察概况、南极科学研究进展、建站经验等，使正在准备进行南极考察的中国人受益匪浅。他们对中国即将从事实施的南极考察表示了极大的兴趣，并给予了热情的支持。

拟定目标和物质筹备

如上所述，我国南极考察队在 1984 年 11 月进军南极之前，南极委通过派员考察和访问，做了大量的技术和管理方面的调查研究，随后筹备南极考察的事务便进入到了具体部署和安排阶段。

我们知道，南极洲是一块不毛之地，要在那里进行科学考察，就必须首先建立考察站，以便为考察人员提供包括衣食住行在内的各种后勤保障。

因此，南极考察所需要的一切软件和硬件，出发前在国内都必须精心准备。稍有疏忽，就会给日后的科考活动带来极大的障碍。

而在这所有的准备工作中，对中国南极站的站址的初选，是南极委首先考虑的问题，因为它直接关系到日后工作人员的安全性和工作效率问题。

因此，在对南极的地理地貌和自然环境有了比较全面了解后，南极委认为：相对于西南极洲而言，东南极洲尽管离中国较近，但是，以目前的我国所能够配备的硬件条件来看，也就是说，在目前我国还没有破冰船或抗冰船的情况下，要登上东南极大陆显然要冒极大的风险。因此，暂把选建南极站站址的视线转向了西南极洲的南极半岛和南设得兰群岛。

根据前期南极委副主任、国家海洋局局长罗任如率团随阿根廷的"天堂湾"号抗冰船航行的体会来看，我国目前在西南极半岛建站仍有很大困难。于是，南极委决定选定南设得兰群岛作为中国第一个南极站的站址。

当然，站址的具体位置还需要通过实地勘察后，根据该地区是否具备较大的露岩地域、船只是否容易停靠、卸货是否方便、淡水资源是否充足、站点周边是否适合开展综合科学考察等条件再具体确定。

就这样，在站址初步拟定后，南极委便开展了其他各项准备工作，包括运输工具和各种物资设备及生活用品的准备。

要想把赴南极考察的各种物资设备和人员运送到南极洲，从事南极考察的各国大都采用具有破冰能力的或抗冰能力的极地考察船。

因此，我国国家海洋局早在 1977 年，就开始了建造专门的南极考察船方案的论证工作。但由于各种具体问题及财政上的困难，计划都被迫搁置了。所以，根据当前的情况，使用"向阳红 10"号科学考察船是最佳的选择。

"向阳红 10"号是万吨级的远洋科学考察船，可以在南极冰区以外的任何海区航行作业，续航力为 1.8 万海里，一次性运输货物的能力为 2000 立方米。

而且，它的通讯导航设备也比较先进，远航科学考察仪器设备也比较完善。如果对它进行适当的改装和维修，就可以承担到南设得兰群岛运送人员、物资和进行南大洋考察的任务。

为了做到更加安全可靠，因考虑到海军"J－121"号打捞救生船曾经执行过海上军事演习和海上救援等重大任务，而且，船上还载有一架直升飞机，是一艘出色的后勤支援船。因此，经南极委与中国人民解放军海军商量，决定由海军派出"J－121"号打捞救生船与"向阳红10"号共同组队，以便最大限度地保证中国的首次南极考察任务圆满完成。

同时，南极委还考虑到，要想日后登越东南极大陆建造中国第二个南极站并在那里进行科学考察，它的前提必须是：中国拥有自己专门的破冰船或抗冰船。

为此，南极委在积极准备首次南极考察用船的同时，还为中国建造自己的破冰船、抗冰船，或购买外国破冰船、抗冰船做了各种准备工作，以满足日后南极考察的需要。

我们要知道，南极考察船到达南极洲之后，一般无法直接靠"岸"，只能停泊在离"岸"一定距离的海湾中或冰架外。

而考察船所运载的各种随行物资必须要由运输艇或直升机运到"岸"上，再用各种车辆运到建站的地方。因此，在选定了"向阳红10"号和"J－121"号作为主船后，还需要准备至少两艘运输艇、一架直升机和若干辆雪地运输车。

运输艇"长城1"号和"长城2"号，已经拟由上海造船厂按照南极办的任务书建造。直升机除了"J－121"号船上搭载的一架可以用外，拟向阿根廷方面租用一架。

建站物资设备的准备，包括房屋建材、动力设施、通讯设施、交通工具和生活用品。

房屋是科考站上所有人员赖以生存的最基本的条件。考虑到南极气候严寒、风大干燥的特点，基站房屋必须要求保温性能好，抗风能力强，而且最好可以防火阻燃。

所以，根据国外在南极洲建站的经验，房屋一般采用高架式的结构。这样，就可以使风吹雪从房底下通过，而房屋也不至于被暴雪覆盖或掩埋。

一般来说，因为前往南极的运输船必须在冬季来临之前离开极地，所以，南极基站的建站施工，只能在夏季进行。而且，世界各国大都采用预制件组装的方式建设基站。

即：在国内把房屋所有的组件预制好，等运输到了南极洲后，就可在短时间内组装起来。南极委通过对国内建筑行业的调研后，拟定委托中国新型建筑材料公司承担中国南极站房屋的设计、生产和装配任务。

另外，南极考察站上的生活、科研、通讯等都离不开电力，尤其是在冬季，天气寒冷、黑暗，基站人员如果没有电力用来取暖、照明，那将是无法想象的。因此，动力设备被视为南极基站的心脏。

为了确保中国南极基站电力的正常供应，南极委不仅广泛地调研国内的配电设施，还选派电力工程师赴新西兰南极斯科特站进行专题考察。

之后，经多方论证，确定了中国南极站的电力方案，并拟定由原机械工业部兰州电源车辆研究所负责进行这方面的准备工作。

南极洲尽管与世隔绝，但是，借助现代化的通讯设备，就可以保证它与北京总部的联系如同邻里。而且，也可以保证中国南极站与其他友邻站的联络互助。所以说，把通讯设施比作南极考察站的耳目，一点儿也不过分。

为此，南极考察站必须设立通讯电台。南极委在广泛地调查了国内通讯设备的基础上，又考察了一些国家南极站的通讯台，最后拟定由原电子工业部微波技术传播研究所提出通讯方案，并进行中国南极站的通讯台的准备工作。

要想在世界上最寒冷的南极洲生活，除了房屋、电力、通讯外，还要解决所有人员的着装、吃饭和饮水的问题，这是生活的基本保证。

关于御寒服的准备。根据一些国家的经验和一些专家到外国南极站的体会，南极着装冬夏都离不开羽绒制的御寒服，对它的要求是：既防寒，又轻便、宽松，且外不透风、内可逸气。

南极委委托上海纺织科学院参照一些国家南极羽绒服的优点，研制中国南极羽绒服用料，拟由上海羽绒服厂加工制作。

关于防寒靴的准备。根据国外的经验,防寒靴一般为长筒式,分为夏季用和冬季用两种,其防寒性能有所区别。南极委拟定由天津大中华橡胶厂研制,长征鞋厂生产防寒靴。

关于食品的准备。考虑到南极气候寒冷,即便是在南极的夏季,平均气温也低至 0 摄氏度左右的特点,南极委在走访了国内的食品研究所和大庆油田等单位后认为,南极食品需要高蛋白、富含维生素 C,以弥补寒冷消耗和蔬菜缺乏的不足。

而且,在食品筹备过程中,还要考虑到运输、储藏和保鲜等问题,决定食品以半成品和罐头为主,大多在国内采购,有些可在去南极洲途中的外国港口补给。

食品的准备,还包括饮料、酒类、水果等的筹备,前提是补充营养,确保考察队员的身体健康。

另外,还有饮用水的问题。据前期的考察结果表明:各国南极站的饮用水和生活用水有三种来源:淡水湖泊、融化冰雪和海水淡化。

我们知道,南极大陆和岛屿上许多地方分布着淡水湖泊,是南极站饮用水和生活用水的最经济来源。南极大陆储存的冰,占世界淡水资源的 72% 。

但是,因为南极大陆储存的冰坚硬难取,给融冰取水带来很大不便,尤其是在冬季,又因为用淡化海水来解决用水问题耗能高、代价大,所以这个方案应尽量少用。基于上述三种方法，南极委决定让考察队尽量找到淡水湖泊。所以，准备好了提取湖水的各种设备，同时，也做好迫不得已时融冰化雪和海水淡化的准备。

由以上的叙述我们已经知道，中国首次南极考察的目标是：在南极洲建立第一个科学考察站，以便对南极洲和南大洋开展科学考察。

为了实现这一目标，中央提出：

> 务必精心组织，各方大力协作，把困难想得多一点，做到安全第一，站住脚，积累经验，为完成南极考察的长期任务奠定好基础。

因此，南极委和国家海洋局遵照中央指示，着眼于最困难、最复杂和最恶劣的条件。从船舶、航海、物资装备和考察队组建等方面，展开了紧张而全面的准备工作。并编制出准备工作网络图，按照系统工程的要求，规范行动，协调关系，科学地落实各项工作。

首先，是考察队设备的改装和物质筹备。

如上所述，为了适应极区海域航行和科学考察的需要，南极委对选定的国家海洋局"向阳红10"号科学考察船和海军"J－121"号打捞救生船进行了检修和改装。

1984年7月，上海船厂抽调骨干，集中力量，如期完成了"向阳红10"号船的卫星导航系统等200多个项目的施工任务。同时，还为"J－121"船增装了20多台新型设备。全船指战员也自己动手检修机器，维护设备，保养船体。

与此同时，上海船厂还建造出两艘运输艇，从设计到交货仅用了4个月的时间。

"J－121"号船的179号直升机机组人员，为了适应极区航行和胜任冰情侦察、导航、吊运建站物资、运送人员等任务，进行了100多架次的模拟南极飞行训练。

与此同时，担负航行指挥和通讯联络的国家海洋局管理指挥司，广泛搜集了航海、气象、冰情、通讯和外港的资料，周密设计出通往南极洲的最佳航线，制订出保障航行安全和通讯指挥畅通的最佳方案。

在这期间，因南极洲建站和科学考察需要的物资种类繁多，其中许多仪器设备要现研制、现生产。又由于我国技术人员对研制和生产这些仪器设备缺乏经验，所以，难度确实很大。

于是，全国各有关工厂、企业和科研单位想南极考察之所想、急南极考察之所急，密切配合、积极支援，开展了攻关大协作，按计划要求快速优质地完成了研制生产任务。

例如，中国新型建筑材料公司为完成长城站站房设计、生产和装配任务，精心挑选了14名有经验的工程技术人员和工人组成攻关小组，根据南极的自然环境特点选用新型建筑材料，生产出既轻便，又防寒抗风的活动房；

又如，上海纺织科学院参照国外的南极羽绒服，研制出御寒、挡风、防雨雪和轻便、结实、耐磨的羽绒服面料后，迅速地交由上海羽绒服厂为南极考察队员加工制作出适合南极考察的羽绒服；

又如，天津运动鞋厂、长征鞋厂、大中华橡胶厂，在不到三个月的时间里，研制、生产出适合南极野外作业的防寒防水靴；

又如，北京汽车制造厂，为考察队设计、生产出两台特种车辆。解放军总后勤部、军事医学科学院、海军总医院等单位，向考察队生产提供了尼龙帐篷、汽油锅灶和各种药品。

就这样，在各有关单位的人力支持下，建站和科学考察需用的 4000 余种、计 500 多吨物资，从全国各地，用飞机、船舶、火车和汽车按时运送到考察队出发地，即上海黄浦江畔国家海洋局东海分局码头，为考察队按时出征和成功建站考察，奠定了坚实的物质基础。

其次，是考察队成员的组建。

我们都知道，我国首次进行南极考察，理所当然地举世瞩目。所以，考察的成败，关系到我国的荣誉和威望。因此，南极委除做好必要的物资准备外，组建一个坚强的领导班子和一支素质高的考察队伍，也是圆满完成这次考察任务的关键。

因此，南极委在各有关单位的大力支持下，按照南极考察队员所必须具备的条件，对考察队员进行了严格的挑选，筹建了一支由 591 名队员组成的高素质考察团队。

他们包括："向阳红 10"号船船员 155 人，"J－121"号船船员 308 人，南极洲考察队队员 54 人，南大洋考察队队员 74 人。其中，新华社、人民日报社、光明日报社、文汇报社、解放军报社、解放日报社、中央人民广播电台、中央电视台、中国新闻电影制片厂、人民画报社、上海科教电影制片厂等单位，共派出 200 多名记者、摄影师随考察队赴南极实地采访。

就这样，参加首次南极考察的"两船""两队"，统一组成了"中国首次南极考察编队"。考察队下设指挥组、政治工作组，同时还设立了"中国共产党首次南极考察编队临时委员会"和"共青团组织"，并事先规定：重大问题由临时党委集体讨论决定。

考察队编队总指挥兼临时党委书记由国家海洋局副局长陈德鸿担任；副总指挥由国家海洋局东海分局局长董万银和海军旅顺基地参谋长赵国臣担任。南极洲考察队队长由南极办主任郭琨担任，南大洋考察队队长由国家海洋局第二海洋研究所副所长金庆明担任。

南极委同时还任命张志挺任"向阳红 10"号船长、周志样任政委；于德庆任"J－121"号船长、袁昌文任政委。

随后，南极委组织考察队员进行了适应性训练。首先，考察队员在北京体育学院进行了集训，指导员是两名日本国立极地研究所的专家。通过训练，队员初步了解了南极的自然地理环境和外国南极考察概况，认清了中国首次南极考察任务，掌握了一些建站和实施科学考察的基本知识。

之后，考察队员便在上海集结，为"向阳红 10"号船装载建站和科考物资。连续 13 天的强体力劳动，使队员们进一步得到了锻炼，形成了一支意志顽强的队伍。

与此同时，中共中央、国务院、中央军委对首次南极考察极为重视。邓小平、陈云分别为首次南极考察题写了题词。

邓小平写道：

为人类和平利用南极作出贡献！

陈云写道：

南极向你招手！

1984 年 10 月 13 日，万里等在人民大会堂接见了考察队的代表，听取了首次队领导关于准备工作情况的汇报，并与代表们一起合影留念。

万里在听完汇报后说：

为国家南极科学考察事业作贡献是很艰苦

的，但这是苦中有乐，求人民之乐，求国家之乐。

万里还说：

我们国家应该进入这个领域，增长这方面的知识，了解地球，为人类和平利用南极作贡献，你们要有吃苦耐劳的精神，团结战斗的精神，中国人不笨，可以作出自己的贡献。

中央领导的接见，让考察队员们深受教育和鼓舞。他们纷纷表示：

决不辜负党和人民的期望，一定竭尽全力圆满完成我国的首次南极科考任务。

考察队准备出征南极

万事俱备！考察队员们就要向南极进军了。那么，南极洲的地理环境和自然环境是怎样的呢？

根据有关资料，考察队员们了解到：南极洲，包括南极大陆以及周围岛屿，它的面积大约为 1400 万平方公里。

在地质和地理上，我们通常把南极大陆分为东南极洲和西南极洲两个部分，这两个部分的界线是根据格林尼治 0 至 180 度子午线来确定的。

在这两大部分之间，贯穿着一条呈东南至西北走向的南极山脉。南极大陆的平均海拔高度为 2000 米，是地球上其他大陆平均高度的 3 倍。

南极大陆 98% 的陆地常年被冰原所覆盖。冰盖的平均厚度为 2450 米，最大厚度可达 4750 米。冰雪总储量为 2500 至 3000 万立方公里，是全球冰雪总储量的 90%，是全球淡水总储量的 72%。

如果南极冰盖全部融化，全球平均海平面将升高 60 米。那么，许多国家沿海的大城市就会被淹没。

在南极圈以内的地区，明显地分为冬夏两个季节。冬季是连续的黑夜，而夏季则是连续的白昼。

这种连续的黑夜和连续的白昼所持续的时间的长短，

与极圈内的纬度高低是一致的。在南极点上，极夜和极昼所持续的时间的长短几乎相同。

在南极圈以内的高纬度地区，由于冰原吸收到的太阳辐射能相对比较少，所以气温比较低。而且，由于南极圈内全是陆地，与北极相比较，受海洋调节的影响较小。因此，南极洲是全球最冷的大陆。

在南极洲的沿海地区，年平均气温约为 –17 摄氏度，冬季最低气温大多在 –40 摄氏度以下。而夏季的最高气温是 9 摄氏度。

南极大陆以多风暴著称，风暴频繁而且特别强烈。在东南极洲的中央高原，因为常年被极地高压所控制，所以风很微弱。

但是，这里的强烈的冷空气沿着冰面陡坡向沿岸急剧流动，于是形成了稳定而强劲的下降风。

这种强劲的下降风，频繁地出现在大陆沿岸地区，于是诱发了强烈的暴风雪。在这种极端的天气里，局部地区风速可达 85 米每秒以上。空间能见度几乎为零，而且持续时间常常在几小时甚至几天。

而且，在南纬 50 至 70 度之间，气旋的活动也相当频繁。所以，在任何时候，都可能有 6 个以上的低压气旋环绕南极大陆自西向东移动，它移动速度可达 8.5 公里每秒，它形成的最大风速也可达 70 米每秒以上。

不仅如此，南极大陆还是世界上最干燥的大陆，有"白色沙漠"之称，它的年平均降雪量为 12 厘米。而在

中央高原，年平均降雪量只有 5 厘米，这个数字，仅仅比撒哈拉大沙漠的降水量稍多一点点。

南极大陆没有土著居民，又因为远离其他的大陆，受人为的污染很小。所以，空气和水源都很纯净。

南极大陆与其他的大陆相比，动植物的种群数量较少。地衣是这里分布最广、最常见的植被。即使在距离南极点约 300 公里的露岩区还可发现地衣的踪迹。

另外一种常见的植被是苔藓。由于它对湿度的依赖性较强，只能生长在沿海地区，所以，它的分布范围则要小一些。

再有一种常见的植被是藻类，它是南极大陆总生物量中最丰富的植物，但是它只适于生长在水分充足的水洼地和潮湿土壤中。而显花植物，在南极半岛只发现了三个种类。

南极大陆没有陆生的脊椎动物。比如像昆虫和蜘蛛类，特别是蝉、虱、螨、橡和尖尾虫是最高级的土著动物。

而在南纬 89 度以南的高原地区，到目前为止，还没有发现土著生命的迹象。

在南极大陆的沿海的地区，情况却截然相反。众所周知，这里是企鹅、海豹、贼鸥和海燕的天堂。它们的数量众多，只不过，它们大部分时间是在海上活动和摄食，陆地边缘只是它们暂时栖息和繁殖之地而已。

包围南极洲的南大洋由太平洋、大西洋、印度洋的南端部分组成。所以，不难想象，南大洋是唯一一个没有东西海岸的大洋，它的总面积约为3800万平方公里。

当南极洲进入冬季的时候，海冰面积可达到2000万平方公里。这些海冰完全封住整个大陆并向外延伸300至400公里，个别地区甚至延伸到了南纬55度的区域内。

当南极洲进入夏季的时候，大约有85%的积冰会崩塌到不冻的海域里融化掉。每当这个时候，海冰面积就会缩小到400至500万平方公里。

于是，这些未融化的海冰，就从陆缘断裂出来，形成了遍布海面的大大小小的冰山，并逐渐向低纬度海域漂移扩散。

南极洲周围的大陆架，大多数都比较窄，有的甚至只有10多公里宽，而唯有罗斯海和威德尔海是个例外。这正是南极洲大陆架的特点之一。

南极洲大陆架的另一个特点是：海水较深。水深一般都在400至600米左右，而其他各洲的大陆架的海水深度一般则只在100至150米之间。

虽说南大洋的生物种类与其他各大洋相比，显得很单一，但它的生物数量却比其他各大洋庞大得多。大量的浮游植物是南大洋简单食物链的第一环，它是南大洋中体型微小的浮游生物、南极磷虾的主要食物来源之一。

南极磷虾是南大洋生态系统食物链中的一个关键的环节。它的种群数量直接左右着南大洋中其他高级动物，如枪乌贼、鱼类、海鸟、企鹅、海豹和鲸等的种群数量和命运。

从以上的内容来看，不仅南极洲的自然环境极其恶劣，而且，它的物产利用价值似乎也特别有限。那么，世界各国考察南极洲的意义又何在呢？

我们知道，地球是一个完整的整体。所以，地球上任何一个国家的大陆架构造、自然环境的演化和形成，都是地球环境密不可分的一部分。

据科学考察资料表明，在中生代时期，我国青海、西藏、新疆等地，曾经是水草丰富、沃野千里的地方。只是由于南极洲冈瓦纳大陆分裂出来的中南半岛板块与亚欧大陆板块相碰撞，使青藏高原隆起，挡住了亚热带暖湿气流的北进，才出现了现在我国西北部大片的沙漠和"死海"。

由此可见，研究南极洲的地理演变对于认识中国大陆的地壳演化、动植物的形成和分布，以及成矿规律都具有十分重要的意义。

我们知道，全球性的气候变暖，是全人类普遍关心的重要问题，因为这与我们每个人的生活息息相关。而据有关资料表明：

南极大陆上大部分太阳辐射被镜面一样的冰原反射回空间，因此，南极大陆的气温极低，南极大陆成为全球主要的冷源之一。

而且，南极大陆周围的海冰，在全球气候系统中也是相互作用的重要动力因子。海冰的覆盖明显地改变了海表面的反射率，将大气和海洋隔离开来，同时还改变了海水的含盐浓度。

因此，南极大陆的海冰对辐射能量的输送、大气和海洋间的动力输送、垂直混合和海洋盐分平衡都有着极其重要的影响。而且，这种影响也会由于海冰覆盖面随着季节显著变化和年际间的差异显得尤为不同。

同时，还因为南大洋与大西洋、印度洋、太平洋紧密相连，南极冷水向北流动以及绕极流的存在和变化，对世界各大洋的气体交换和热交换起着举足轻重的作用。

因此，南大洋的这种"一冰一气"相互作用的复杂机制，不仅决定着南半球的气候变化，也影响着全球的气候变化，并且与中国气候变化也有密切的联系。

所以说，对南大洋的气候动因进行研究，对保证在南极地区活动的飞机、船舶及人员的安全有极其重要的意义。

另外，研究南极冰盖、冰架、冰川、冰山、海冰以及各种冰雪的形成过程和机制，如南极冰原的生长、发育的变化过程，目前的消长情况与趋势，冰、海、气的相互作用，年季变化规律等，能提供研究全球环境变化所需要的许多珍贵资料。

同时，由于南极冰盖是由几千万年来的降雪堆积成的冰层所构成的，而这种降雪堆积成的冰层，同时也将混在大气中的各种物质完好地储存起来了。因此，它提供了自它形成以来的全球气候变迁的全部历史记录。

科学家通过对南极科学考察钻取的冰样的研究分析，可以了解全球气候的历史演变过程，可以判别人类活动，特别是工业社会以来，对全球气候环境所造成的影响。甚至还可以获知天体和地球演化史上发生的重大事件。因此，南极的冰雪也是人类认识自然环境的重要宝库。

我们知道，南极洲生态系统比较独立而且基本上保持其原生状态，为研究生物环境提供了非常良好的条件。

全面综合研究南极植物、植物与动物、生物与环境之间，以及南极大陆与其他大陆之间的关系，不仅为生物的专业学科填补了空白，而且可以综合探讨系统进化、大陆漂移、地球变迁、生态系统中土壤的形成和发展、环境污染和指示生物、生物的抗寒嗜冷和抗旱机制等。从而完善生态学理论，认识南极洲特殊生态环境，并使人类的活动与之相适应。

我们都知道，目前，全球环境已面临日益恶化的窘境，人类可持续发展的环境问题，已成为全人类关注的重大问题之一。南极洲作为最后一块未被开发、直接受人类干扰最少的原生大陆，它不仅提供了全球环境演变的历史背景信息，并且还是研究目前全球环境变化最有价值的"参照区"。

因此，对南极环境的背景研究、容量研究以及动态分析，将为全球环境研究提供依据，为衡量人类活动强度提供指标。

宇宙空间有无穷的奥秘，正有待人类作更深入地探索。例如，太阳辐射及其活动对地球环境的变化有直接的影响，因此，研究日地关系也是破解地球环境变化的重要突破口之一。

而在南极洲进行日地关系研究的优越性，不仅在于南极洲的大气比较纯净以及可以扩大人类在地面设站的范围；而且，更重要的是，由于地球磁场的偶极子结构，使极区磁场与地面近乎接近垂直，而成为空间高能带电粒子易于进入的窗口。所以，磁层、电离层、高层大气能质量、动量的耦合主要发生在极区，形成一系列极其特殊、极其重要的日地物理现象，如极光、粒子沉降、极区亚暴、西向浪涌、极盖吸收、中层大气加热等。

上述这些过程，对地球环境的变化及全球无线电通信、宇宙飞船发射和正常运行以及人造地球卫星的发射和正常运行都有重大影响。

我们知道，南磁极是十分重要的研究课题，从1841年罗斯首次测定南磁极位置至今，南磁极位置大约移动了1000公里。南磁极的移动，与地磁偶极距的减小、非偶极子场的西向漂移、南极大陆的磁异常，都有密切的联系。所以，在极区进行日地关系的观测研究有重大的科学意义与实际意义。

而且，对南极陨石的研究，对于认识天体形成与演化以及地球成因都有着极其重要的价值。

资料表明：

> 降落在南极大陆的陨石被冰雪所包裹并随着冰雪流动，当冰雪在前进中遇到高地阻挡便逆坡流动，冰雪逐渐融化，陨石便富集裸露于表面。所以，南极陨石的特点是数量大，类型多，储存年代久，弱氧化，少污染。所以，综合了这些特征的南极陨石就显得尤其珍贵。

南极的海豹和鲸，有极重要的经济价值。而南大洋的磷虾储量，过去曾经估计为10至50亿吨。近年来，国际南极海洋系统和储量的生物调查结果认为：南极磷虾储量仍难作较精确的估计。所以，作为目前世界上最大的蛋白类资源，它的开发前景是极其令人鼓舞的。

再者，南极大陆的矿产资源分布情况，我国已通过探测获得了许多资料。世界各国探险家、科学家在现场实地考察中发现了许多裸露于地表的煤、铁及其他稀有金属和贵重金属。

而且，各国科学家结合南极洲与非洲、澳大利亚、南美洲地质构造单元的连续性进行分析，普遍认为南极大陆的矿产资源储量是丰富的。南大洋的锰结核的储量及分布还鲜为人知。大陆架的油气资源，许多国家进行过地球物理调查，有的国家还进行过深钻。从地质构造、沉积层厚度以及油气显示的特征分析，前景是可观的。

另外，南极冰雪为全球淡水总储量的 72%，用以解决人类的水资源危机是很有吸引力的。

南极纯净的空气、宁静的环境、美丽的冰雪、神秘的大陆，对于身居闹市的其他大陆居民来说，是一块理想的旅游胜地。有些国家已在南极修建机场和旅馆，并在南极的夏季，用飞机、船舶开辟了旅游航线。

遗憾的是，对于南极洲资源的开发，它的前景虽然十分可观，但是，就其开发的科学性而言，这种开发仍然带有很大的盲目性和短视性。

所以，从根本上来说，研究南极资源开发的科学性和长期性，也是这次我国国家海洋局、国家南极委、国家科委发起联合科学考察的必要任务之一。

以上这些问题，我国政府都必须委派相关的科学工作者深入南极大陆，做实地考察和研究，提出我们自己的有科学依据的见解，以便在南极资源开发问题上有充分的发言权和较大的影响力。也为人类认识南极、保护南极环境以及在和平利用南极洲等方面，作出积极的贡献。

那么，世界各国考察南极的现状如何呢？

众所周知，自 15 世纪后半叶至 20 世纪初，来自世界各国的个人或团体，已经对南极进行了近百次的考察。

早在 1957 至 1958 年的国际地球物理年期间，阿根廷、澳大利亚、法国、比利时、智利、日本、新西兰、挪威、南非、英国、美国和苏联等 12 个国家在南极洲共建立了 67 个考察站。

1958 年以后，除挪威和比利时只派考察队进行了夏季考察外，其他近 10 个国家都先后在南极洲建立了数量不等、规模不一的永久性考察站，并已成为依托，坚持着全年的科学考察。而且，各国政府为此投入的人力、物力和财力逐年增加。

进入 80 年代以来，越来越多的国家开始对南极洲的科学考察表现出极大的兴趣，纷纷派考察队赴南极洲建站和进行科学考察。

例如联邦德国、韩国、印度、巴西、民主德国、乌拉圭、意大利、瑞典、西班牙、秘鲁、芬兰、荷兰、巴基斯坦、保加利亚、厄瓜多尔正准备在南极建立考察站，或准备派遣考察队从事南极考察活动。

而且，南极科学考察的领域也在不断扩大。比如，由早期为商业目的而进行的海洋、气象观测，已经逐渐发展到了今天的海陆空及外层空间的全方位的科学考察。考察的学科几乎涉及整个自然科学的各个领域，包括冰川学、地质学和地球物理学、生物学、气象学、低层和高层大气科学、大地测绘、人体生理和医学，以及海洋科学等。

每逢南极夏季，各国专家、学者云集南极洲，或用飞机、船舶，或乘雪地车、履带车、雪橇，在南极洲上空、海洋或地面上从事各类科学考察活动。但是，这些科学家中，却一直没有中国科学家的身影。

于是，在 1984 年 11 月 20 日，中国南极科学考察团向目的地进发了。

二、 战胜重重困难

● 由武衡主任致欢送词：党和国家信任你们，
关心你们，把你们看做是敢于乘风破浪、踏
冰卧雪的勇士！全国人民和科学工作者，都
在关切地注视着你们，期待着你们传回胜利
的喜讯。

● 南极委批准考察队的报告中指出：同意中国
南极长城站建在乔治王岛的菲尔德斯半岛南
部地区。

● 陈德鸿激动地表示：我们今天的奠基，是为
中国第一个南极科学考察站即中国南极长城
站奠基。是代表 10 亿中国人民在南极洲奠
基，是为人类和平利用南极洲作出我们中华
民族贡献的奠基。

举行考察队出征起航仪式

1984年11月20日，上海黄浦江畔国家海洋局东海分局码头，彩旗招展，鼓乐齐鸣，欢送中国首次南极考察编队出征的起航仪式在此举行。

南极委主任武衡、国家海洋局局长罗任如、海军政委李耀文、中顾委委员方强、上海市副市长阮崇武、南京军区副司令员张明、浙江省副省长张敬堂、东海舰队司令员谢正浩以及国家机关、军队和考察队员的亲属及各界人士千余人聚集码头参加起航仪式。

另外，美国驻上海总领事和其他外宾也前来送行。9时整，欢送仪式在嘹亮的军乐声和爆竹声中开始，首先由武衡等领导向考察队授国旗和镌刻着邓小平题词的镀金铜匾以及中国南极长城站站标。

接着，由武衡主任致欢送词：

党和国家信任你们，关心你们，把你们看作是敢于乘风破浪、踏冰卧雪的勇士！全国人民和科学工作者，都在关切地注视着你们，期待着你们传回胜利的喜讯。

他还勉励考察队员们：

要以顽强拼搏的精神克服困难，胜利完成任务，为人类和平利用南极作出贡献。

9时45分，武衡主任批准起航，于是，考察队总指挥陈德鸿下达简短命令：

各就各位！起航！

10时整，"向阳红10"号和"J-121"号船满载着祖国的重托和全国人民的期望，徐徐离开码头，开始了中华民族史上远征南极洲的处女航。

根据预定路线：我国科学考察船从上海港起航，驶入太平洋，为第一阶段。从北半球穿过台风多发区，驶过赤道，进入南半球，为第二阶段。再从东半球进入西半球，闯过西风带，经美洲大陆最南端的合恩角进入大西洋，抵达阿根廷的乌斯怀亚港补给、休整和检修，为第三阶段。然后，横渡德雷克海峡，驶入乔治王岛麦克斯威尔湾后，就算胜利抵达南极洲了！

但是，漫长的航行永远不会像人们想象的那样一帆风顺！

首先，在预计的一个多月的航程中，队员们需要跨越纬差94度、经差182度，航程1.7万海里，相当于绕地球0.5周以上。即需要穿越热带、北温带、南温带、南寒带四个气候带，这就如同人在一个多月时间里经历了春夏秋冬四个季节。

我们知道，人在短时间内经历剧烈的气候、时差的变化，常常会使人的生物节奏紊乱，所以，对于每个考察队员来说，这无疑是一种考验。

其次，途中还需要闯过两个台风生成区，数个岛礁区，"咆哮的西风带"和被称为"航海家的坟墓"的险恶的德雷克海峡，并要经受南极海域的强大风暴、冰山和浮冰的考验。

出航前，"J－121"号护航船详细地测算了各种情况下的船体稳定性和抗风力，绘制了动静稳度曲线，加固了船载笨重物资，并标出其重心位置图。并且，船长于志刚还要求船员们在航渡途中，及时搜集有关气象资料，预测选择通过德雷克海峡的最佳时刻。

不仅如此，每个考察队员还要和海上频繁的风暴、晕船作斗争。

果然，考察船离了东海不久，还没有到琉球群岛就遇到了第一个台风。两条船分别都是 100 多米长，30 多米宽，1.3 万吨极的，想起来好像很高大，有 10 多层楼那么高，很不得了。但是真正到了大海中间，那就是名副其实的一叶扁舟，摇摇摆摆，跌跌撞撞，仿佛是一个蹒跚学步的小孩。

船摇晃最厉害的时候，摆幅可达到 30 至 40 度，因为乘员的休息舱都在靠近甲板的顶层，所以，船摇摆的幅度就更大了。

风暴中的船不光是左右摇摆，而且还前仰后合，一会儿被巨浪托到波峰，一会儿被巨浪按到谷底。所以，焦虑呕吐、脸色煞白、汗珠滴答这些症状，对于大多数的考察队员来说，自然就是家常便饭了。更何况，大多数的考察队员都是第一次出海，甚至有半数以上的考察队员还是第一次乘船呢。

尤其是在暴风雨的夜里，太平洋上一片漆黑，伸手不见五指，而这两片摇摇摆摆、跌跌撞撞的扁舟呢，仿佛就在原地打转，更令人感到焦虑不安了。

好在随行的队员中，有不少是从事文字工作的记者，于是他们就写打油诗教大家苦中作乐。

例如，有位记者用一二三四五六七八九十的谐音，描述晕船的痛苦，叫做：一蹶不振，二目无神，三餐不进，四肢无力，五脏翻腾，六神无主，七上八下，久（九）卧不起，十分难受。

随行的《人民日报》记者杨良化，大概属于敏感体质，所以只要船稍一摇晃他就晕船，是所有考察队员中的晕船亚军，因为还有一位记者比他晕船更厉害。

有一次，他晕船晕得实在不行了，但是写稿的任务又是第一位的，于是他就把自己绑在椅子上赶写稿件。写了没一会儿，没想到一个巨浪正打在船上，船一踉跄，杨良化连人带椅子都被掀翻在舱室的地板上，同室的记者们连忙跌跌撞撞地过来，费了好大的力气，才将他和椅子扶起来。好一会儿，杨良化才回过神来，于是继续在摇摇晃晃中赶写稿件。

还有一次，杨良化通过无线电话给远在北京的人民日报社发稿子的时候，边上放着一个脸盆，念几句，吐一口，漱漱口后，就接着再念稿子，直到坚持将稿件传完了，这才罢休。

后来，考察队员们粗略地统计了一下，一路上的 36 天里，有 20 天是暴风雨天气。再后来，船抵达目的地的时候，考察队员们一量自己的体重，都减少 4 至 6.5 公斤。很显然，这一路上的颠簸，考察队员们的辛苦自不必说。所以说，考察船穿越了很多风暴，考察队员们的意志力也经受了暴风雨的洗礼和涤荡。

回头再说一说"J－121"号的海军将士和"向阳红10"号船员的感人故事吧。

考察船队刚进入太平洋的时候，"J－121"号打捞船便出现了大的机械故障：右主机第一缸冷却水管支架断裂、第八缸支架裂缝。这些机械故障的直接后果就是："J－121"号船的航速由 18 节迅速降至 6 至 7 节。也就是说，这些机械故障如果不及时排除，"向阳红10"号也必须被迫将航速降至 6 至 7 节。

也就是说，以这样的航速航行，将需要用两倍多的时间才能到达目的地。而所有的船员都明白：大海的"脾气"深不可测，在海上多待一天，就多一分危险！那怎么办?!

故障来得突然，又没有备用支架，全船上下十分着急。于德庆船长的压力更大。他知道，如果因为"J－121"号船的故障，考察队不能按时、安全地把所有人员和建站物资器材送上南极洲，而致使已经公布于世的壮举归于失败的话，那他将无颜面对党和人民的重托。

经再三研究，于德庆他们决定采取只有在万不得已的情况下才能使用的"封缸航行"。

所谓"封缸"，通俗地说，就是对发生故障的汽缸停止供油，尽管风险很大，但这是唯一的办法。

于是，机电部门的干部、战士们冒着缸内70摄氏度的高温，轮番钻进去作业。他们的皮肤被烤得灼热，人也喘不过气来，浑身汗如雨下。但是，谁也没有在困难面前后退一步。

在艰苦紧张的封缸作业中，身患脑血管硬化症、在机舱生活了20多年的机电长徐兆富，坚持在40摄氏度的机舱里，带领大家排除故障。

就这样，经过4小时25分钟的艰苦抢修，"J－121"号船终于完成了封缸作业。随着右主机的启动，"J－121"号船的航速又恢复到了正常值。

经过后来23个昼夜的运转，证明"封缸航行"是可行的。这也开创了中国大功率柴油机封缸航行史上的最新纪录。

12月1日，"向阳红10"号船正航行在赤道海域，这时候，两台主机的18只高压油泵相继被燃油的杂质堵塞，主机出现了"心肌梗塞"的恶性故障。

考察船机电部门紧急动员，立即进行抢修。机舱内温度高达40摄氏度，刺鼻的燃油味、淋漓的汗水、紧张的劳动，使人头晕目眩，每个人都感觉到喘不过气来。

有的人晕倒了，醒来又继续干。有的人口渴难忍，误把柴油当绿豆汤喝了。尽管这样，但没有一个人叫苦，也没有一个人退缩。当时大家只有一个想法：尽快修好主机！

就这样，经过连续20多小时的苦战，"向阳红10"号船机电部门的全体人员完成了平时需要10多个工作日才能完成的工作量，使主机恢复了正常运转。

在整个航行中，"向阳红10"号的机电部门共排除故障320余次，不仅保证了考察船航行的安全，同时也保证了考察队按预期时间到达南极洲。

12月12日，考察船队驶入西风带。西风带，又称暴风圈。七八级的大风是家常便饭，狂风掀起10多米海浪，船就像是骑着浪头在走。

有一次，大家正在餐厅里吃饭，舱外一个巨浪从船头打到船尾，霎时间，餐桌上的饭菜哗啦一声全都"蹦"到了地上。

当时，60%以上的队员都晕船呕吐，甚至有些海军水手也不例外。晕船严重影响了队员们的食欲，很多人吃几口饭便开始吐。但是，长时间不吃饭，到站后，哪来的力气建站、考察呢？

为此，队长郭琨特别号召大家说：

共产党员要带头到餐厅吃饭。

当时，流行的歌曲里唱道"大海啊大海，你就像妈妈一样"，于是，每当晕船呕吐的时候，队员们都戏谑道：谁说大海像亲妈！我看大海简直比后娘还狠哪！

就这样，考察队和考察船一道，异常坚韧地向目标挺进。

12 月 20 日，我国南极考察船队顺利地抵达世界最南端的城市，即阿根廷火地岛上的乌斯怀亚港进行补给、休整和检修。

战胜重重困难

精心选定长城站站址

1984 年 12 月 24 日，考察船队离开阿根廷城市乌斯怀亚，起航向德雷克海峡挺进。

德雷克海峡位于南美洲合恩角与南极半岛之间，是世界上最宽的海峡。由于受南极风暴的影响，海峡终年狂风不断，是进入南极的最后一道难关。

这里漂浮着无数大大小小的冰山和冰块，虽然"向阳红 10"号和"J－121"号船是万吨级巨轮，但由于没有破冰能力，一旦与冰山相撞，后果将不堪设想。

于是，两艘船都降低航速，在船艏和驾驶室两侧都加派了瞭望岗，导航雷达和声呐也开始全天候地工作。

考察船越靠近南极，展现在队员们面前的景色越神奇。例如，远处的海平面上，上面是漆黑的阴云，下面却是一段段的白点。等考察船走得更近一些的时候，才发现那一段段的白点原来是一座冰山。于是张志挺船长和于德庆船长果断地指挥两艘船避开冰山，绕道前进。

就这样，在两位船长果断指挥下，"向阳红 10"号和"J－121"号终于顺利通过了德雷克海峡。

随后，考察船进入了乔治王岛近海海域。渐渐地，鲸鱼、海豚、企鹅也出现在考察队员们的视线中。鲸鱼在悠闲地喷着水柱，海豚则追着考察船跳跃嬉戏，而岸上的企鹅也像是见到亲人似的，笨拙地朝考察船迎过来。

考察队员这才明白，原来是因为南极洲这个地方人迹罕至。所以，动物们对所有的外来的东西都有一种好奇，因此大家都不刻意去打扰它们。

根据原定计划，考察队抵达乔治王岛后，第一件事就是勘查现场、选择站址。

选择站址的基本原则是：第一，不能是峭壁，如果是这样，人和货都不能上去；第二，不能是冰川，要有岩石做基础，这样便于建站；第三，滩涂平坦，这样易于修建简易码头，便于日后装货卸货。

12 月 27 日 13 时，陈德鸿、郭琨、董兆乾等 7 人，乘租用阿根廷航空公司的"海豚"式直升机，实地勘察了阿德利湾、柯林斯湾、爱特莱伊湾、玛丽亚娜湾、纳尔逊岛等 5 个地方。

12 月 29 日，队长郭琨又派出 54 名队员乘"长城 1"号艇到爱特莱伊湾沿岸踏勘。当时叫"54 勇士"，就是南极洲考察队具体负责考察任务的成员。

具体步骤是：先把"长城 1"号登陆艇从大船上吊下来，等人员都登艇后，再驾驶登陆艇开到有浅海的地方，然后确定有利地形，最后再抢滩登陆。

当然，浅滩边没有现成的码头，登陆艇也没有停靠的地方。于是，队员们把事先准备好的木板搭在水面上，大家就踩着木板跳过去。

经约定，《人民日报》记者杨良化第一个登上南极洲的土地，他拿着相机跑在最前面，然后回过头来为大家拍摄了"中国考察队首次踏上南极洲"的照片。所以，才有了以后我们看到的"所有人扛着旗子，在风雨中冲上南极"的那一张照片。

在这之后，考察队的部分队员又分别乘直升机和"长城1"号艇去波特尔湾的阿根廷尤巴尼站、地拉塞雷湾的波兰站和阿德利岛、菲尔德斯半岛中部和南部地区察看了地形。

最后，队长郭琨综合所有的勘察情况，预选出了11个站址，其中以菲尔德斯半岛南部地区最为理想。选择该岛的理由是：

第一，勘察人员发现：菲尔德斯半岛南部地区是一块台阶式鹅卵石地带，地域开阔，附近有三个宜饮用的淡水湖；而且，海岸线长，滩涂平坦，便于小艇近滩登陆；

第二，这个地区距智利马尔什基地机场仅2.3公里，交通十分方便；

第三，这个地区夏季露岩多，地衣、苔藓等植物发育也比其他地点好，企鹅和其他鸟类在此栖息繁殖，适宜开展多学科考察。

于是，队长郭琨通过通讯卫星，在第一时间把这些情况向远在北京的南极委做了详细的汇报。

当地时间12月29日21时30分，即北京时间9时30分，南极委通过通讯卫星，批准了考察队的报告：

同意中国南极长城站建在乔治王岛的菲尔德斯半岛南部地区。

南极委批准的长城站，位于西南极洲南设得兰群岛乔治王岛南端，其地理坐标为南纬 62 度 12 分 59 秒、西经 58 度 57 分 52 秒，距离北京约 1.75 万公里，与北京的方位角约为 170 度。

长城站所在的乔治王岛，也是南极地区科学考察站分布最为密集的区域。全岛面积为 1160 平方公里，分布着 9 个国家的 9 个考察站。

中国南极长城站站区初步规划为南北长约 1000 米，东西宽约 400 米，占地面积约 0.4 平方公里，平均海拔高度 10 米左右。右边是峭壁，隔着海湾是晚年冰带，左边有苏联站和智利站，地面上有成千上万只企鹅。

当地时间 12 月 30 日，是中国南极洲考察队登陆的日子。

当天 9 时左右，"长城 1"号运输艇满载考察队员和建站物资，离开"向阳红 10"号船，乘风破浪向乔治王岛上的中国南极长城站建站站址挺进。

"长城 1"号艇上插着一面五星红旗，考察队员们身着红、蓝两色的南极服外套和救生衣，高唱中国南极考察队员之歌，在队长郭琨的率领下，心情激动地登上乔治王岛上的菲尔德斯半岛的长城湾东海岸，即考察队报请国家南极考察委员会武衡主任批准的长城站站址。

15 时 16 分，即北京时间 1985 年 1 月 1 日 3 时 16 分，郭琨队长亲手将第一面中国五星红旗插上了南极洲。

登岸后，全体考察队员立即投入到紧张的卸货、搬运和搭建帐篷的工作中。一时间，昔日荒无人迹的海岸人来人往，变成了一个工地。

各种红红绿绿不同规格的帆布帐篷搭建起来了，许多队员在刚搭建的帐篷中钻进钻出，检查帐篷的保温性、牢固性。心里不停地估量着自己的帐篷是否能抵御 12 级大风和夜里零下 30 摄氏度低温的袭击。

随后，队员们在国旗周边做了一些简单的观察标识，比如什么地方是生物保护区，什么地方是地震观测区，什么地方是天线设置区，什么地方准备建房子等等，都一一规划出来了。

傍晚时分，疲惫的队员们聚在一座 24 平方米的大帐篷中举杯欢庆长城站 1985 年元旦。他们情不自禁地载歌载舞，一些队员用酒瓶、酒杯和碗碟做乐器，为信步起舞的战友们伴奏助兴。

庆祝结束后，考察队的科学家就开始准备明天的工作了。电气工程师们则开始研究明天该怎么施工，有的队员则在一边做记录，有的队员则早早地进入了梦乡。

帐篷外面的企鹅，看到周围围了这么多人，也大摇大摆地跑到附近，好奇地这里瞧瞧，那里看看。海豹也在附近哼唱。南极洲的夜，静谧、安详、神秘，同时又充满了激情。

就这样，所有的考察队员在离家万里、人迹罕至的乔治王岛上，度过了一个终生难忘的迎接新年元旦的夜晚。

当地时间1985年1月1日10时整，中国南极考察队隆重地举行了长城站奠基仪式。在奠基仪式上，考察队编队总指挥兼临时党委书记陈德鸿激动地说：

> 我们今天的奠基，是为中国第一个南极科学考察站即中国南极长城站奠基。是代表10亿中国人民在南极洲奠基，是为人类和平利用南极洲作出我们中华民族贡献的奠基。

接着，他代表南极委宣布：

> 郭琨担任长城站第一任站长，董兆乾、张青松担任副站长。

就这样，我国考察队在南极这块神圣的土地上，终于有了一块立足之地。

战风暴抢建卸货码头

　　站址选定后，考察队决定立即着手突击卸运建站物资。因大船无法靠岸，只能靠小艇把物资运到岸边，再转运到站址。所以，当务之急是要在岸边建造一座供小艇停靠的码头。

　　拟订建造码头的方案有两种：一种是根据站区海岸坡度陡缓和潮汛情况，采用钢管支架结构和沙袋；另一种是海岸平缓的沙滩地，采用沙袋为主的钢管结构。根据实际调查，该海岸平缓，决定采用第二种方案建造。

　　于是，1985 年元旦这一天，当祖国正在欢度新年的时候，远在万里之外的南极考察队员却打响了建筑码头的战斗。

　　考察队员从"J－121"号船和"向阳红10"号船分别收集到400多条麻袋，全部装满沙子和砾石，用钢管打入海滩中，并用脚手架的卡扣把钢管连接起来，形成纵横交错的框架，而后将装满的麻袋填入框架中。

　　可是，老天爷不作美，下起了漫天大雪。当时正是南极洲的夏季。一时间，海湾里风高浪急，气温骤降到零下。

　　为了轮班坚持在冰冷的海水中打桩作业，考察队员在工地上搭起一个避风帐篷，里面时刻温着白酒和姜汤，供队员们御寒暖身。

将钢管打入海滩中需要两人一组：一人抡锤一人握管。每次由 5 至 6 组队员穿着防水衣裤，同时跳到海水里操作。由于水温太低，每班人马仅能坚持 10 分钟，手脚就被冻麻木了，只好赶快上岸钻入帐篷中饮热酒喝姜汤暖和身体，然后由另一班顶上。

一位抡大锤的年轻海军战士，由于手脚麻木了不听使唤，大锤一滑，正好砸在握钢管的战友手上。握钢管战士的手顿时鲜血直流，但他没有吭一声，冻木的双手仍牢牢地握住冰凉的钢管。现场指挥颜其德连忙叫来值班军医把他从水里拉出来，扶进临时工棚包扎。

有的人被大浪冲倒了，爬起来后继续干。

有的人小腿被砸伤，还咬咬牙继续坚持干。

有的防水裤里流进了冰冷的海水，冰得刺骨，也不哼一声，还咬咬牙继续坚持干。

现场指挥颜其德因劳累过度而晕倒，醒来后，还是继续坚持干。

所有队员防水衣裤里面的衣衫都被汗水湿透了，经冰冷的海水一泡，马上冻成了冰凌。如此艰苦的劳动，却没有一人叫苦叫累。

就这样，考察队员们顶着暴风雪，在刺骨的海水和咆哮的巨浪里，站在齐腰深的水中，抡起铁锤，把一根根钢桩打入海底，再把 50 多公斤重的沙袋垒砌在钢管框架中。

经过队员们 120 多小时的连续轮番作业，填土方约 400 立方米，一座长 29 米、宽 6 米、深 2.5 米，可供 10 多吨运货艇停靠和一辆 5 吨解放牌吊车作业的简易码头基本建成了。

1 月 6 日，就在所有的施工队员以为可以喘一口气的时候，汹涌的大潮突然袭来，潮高达 2.5 米以上。加上暴风雪的肆虐，汹涌的海浪冲刷着码头，顷刻之间，码头前沿的几块 50 公斤重的大木板就被海浪冲垮，垒砌的沙袋和回填的沙石随着浪潮不断地外流。

码头中央已经被海浪掏出了几个大洞。如果再不组织人员抢救，整个码头就有被冲垮的可能，考察队员数百小时的汗和血就将付诸东流。

更严重的是，如果码头被冲垮，就有可能严重影响建站物资的吊卸和长城站工程的建设。

当时，考察队员们正在帐篷里吃饭，就听郭琨在外面一声大喝，命令道："全队集合！抢救码头！"

听到命令后，队员们都毫不犹豫地丢下碗筷，奔出帐篷，冲向码头，谁也顾不上换鞋脱衣就冲进了咆哮的海浪中。

有的队员用胸口死死地顶住木板，有的队员用胸口死死地顶住沙袋和砾石。谁也顾不上崴坏的脚，擦破的手。

就这样，经过近一个小时的拼抢，码头的大部被保住了，被海水冲掉的大木板和其他建筑材料也被队员们拖上了岸，因此也最大限度地保住了几天来的劳动成果。

随后，队员们重新将被海水冲掉的大木板和其他建筑材料加固到薄弱的地方，又回填了大量的沙石，临时码头才正式地投入了使用。

接下来的关键任务就是：安全无误地把所有建站物资从两艘运输船上吊运到建站现场，这将直接关系到建站的成败。

正如受邀来我国指导集训的两位日本极地研究所的南极专家，即村越望和前晋尔先生所说的那样：中国首次南极考察建站成败的关键是，能否把所有建站物资器材安全运抵建站现场。如果做到了，建站成功就有了80%的把握。

很显然，这两位专家之所以这么说，是因为南极站上的所有物资和食品，大的如屋架钢梁、车辆，小的如螺丝钉、火柴都必须从国内运去。所以，一粒米、一滴油都来之不易。

反过来说，在接下来装卸吊运这些物资的过程中，如果屋架钢梁、车辆稍有损坏，就可能会对建站造成致命的影响。

从1月6日至10日，南极洲几乎都是恶劣的暴风雪天气，这给考察队员们的工作和生活带来了很大困难。

要知道，南极洲是世界上风暴最频繁、风力最强的地区，所以又被称作"风极"。在这里，8级以上大风年平均约为300天，沿海风速经常为每秒40米至50米，最大时为每秒92米，是当时世界上记录到的最大风速。

这一切，所有的考察队员尽管都有所了解，但是还是被眼前的大风刮得"措手不及"。

由于海面风浪很大，船只摇晃颠簸得厉害，而且能见度也很差，舰船上的物资不能卸运，工地上的房屋自然也无法搭建。所以，队员们只好躲进临时搭建的帐篷耐心等待天气好转。

可是，这种临时搭建的帐篷实在抵挡不住暴风雪的袭击，有的被暴雪压塌了，有的被暴雪压垮了。

队员们醒着的时候，还可以不断地清理帐篷顶上的积雪。但是，往往就在睡着以后，一觉醒来，才发现被压垮的帐篷里，睡袋和羽绒被上的积雪厚达10多厘米。

再比如，吃饭的帐篷很狭小，自然无法容纳几十名队员同时就餐，有的队员只好端着碗在帐篷外吃。刚盛的热饭菜，出帐篷后不到3分钟，就分不清是雪、是水还是饭了。而整个人也被冻得嘴唇发紫，满是血泡的手常常连筷子也握不住了。

1月10日，又传来了极为不利的消息。由于连日的暴风雪侵袭，"J－121"号船几十吨抓力的山字锚被刮得脱了锚，船体被强风推着漫无目的地漂移，不久就陷入了四周是暗礁、浮冰的区域。当时，船只活动范围只有4根锚相加的长度。

就在这危急关头，"J－121"号船全体官兵，临危不惧，与狂风巨浪搏斗了近18个小时，才将舰船安全地驶

回锚地。

出现这次脱锚意外后，"J－121"号船全体官兵对锚泊区域恶劣的气候和陌生的复杂水域，有了进一步的认识。为尽快配合完成建站任务，大家不顾疲劳、争分夺秒地展开了锚泊区域水文、地质、气象等调查研究工作。

例如，老潜水长刘宝珠不顾个人安危，下潜到 57 米深的海底，采集了大量的地质和生物标本，成为第一个潜到南极海底的中国人。

就这样，在全体官兵的共同努力下，"J－121"号成功地标出了中国第一张长城湾水文地质海图；并搜集整理出乔治王岛海域水文气象数据 700 多个，及时准确地进行了气象预报，为顺利建站创造了极为有利的条件。

11 日上午，好不容易盼来了南极少有的好天气。这天，天气晴朗，几乎是风平浪静，正是抢卸物资的好时机。

为了抢回被坏气候耽误的宝贵时间，全体队员都争先恐后地搬、抬、扛、装、卸。直升机既不歇船，也不落地，只顾在空中马不停蹄地吊运。运输艇更是人换机不停，只顾在水里来回装卸。

我们都知道，发电机是长城站的"心脏"，两台电机各重 2.7 吨，长 2.6 米，高 2 米，宽 1.3 米，所以，用小船吊运自然不可能。但是，如果用直升机也是困难重重。因为，这种重达 2.7 吨的庞然大物吊在空中，体积大，受风面也大，稍有不慎就可能发生意外。但是，除此之外，也没有什么更好的方法了。

于是，海军"超皇蜂"号直升飞机勇敢地接受了这一艰巨的任务。驾驶员副大队长于志刚凭着顽强的毅力和高超的技术，顺利地把两台电机从船上吊运到了长城站址。

为了吊运这些建站物资，海军舰载机一次次突破飞行"界限"，创造了我国飞行史上的奇迹。

另外，从大船往小艇上吊运物资时，大船和小艇都在不停地晃动，大船上一吨多重的吊钩也跟着晃动，所以要把物资稳稳当当地吊到小艇上难度很大。稍有不慎，就会发生危险。

这就要求操作吊车的师傅，不但要有高超的技术，而且还要胆大心细，善于捕捉有利时机。

又比如，由于当时在国内配到南极站的车辆设备很多，许多吊装师傅开完了吊车，马上又去开汽车、拖拉机或推土机。运输班长谭光，测绘工程师兼司机国晓港，还有董利，别人还有一点喘息空隙，他们却一点喘息空隙都没有，只好扶住方向盘眯眯眼。

驾驶小艇的队员们更辛苦，由于时间紧，任务重，所以他们连饭也顾不上吃。这时候，队员们就手里拿个馒头，边吃边驾驶小艇。风里来浪里去，整天都像是落汤鸡，但谁也没有一句怨言。

年近 50 的郭琨队长奔波于船、码头、施工现场之间，亲临指挥，还不时地参加搬运。他已 40 多个小时没合眼了，哪里最艰巨，哪里最危险，他就出现在哪里。

就这样，屋架钢梁运来了，汽车上岸了，一件件器材、物资从空中、从水上源源不断地运到工地。

而"超皇蜂"号直升机组在机长于志刚的带领下，克服风急雾大等重重困难，先后飞行104架次，安全吊运物资39吨，接送人员1050人次，还协助完成了长城站的航空摄影任务，被人们誉为"南极雄鹰"。

就这样，考察队全体官兵连续苦战42个小时，总卸货量超过登陆后前面7天卸货的总量，为建站作出了极大贡献。

与此同时，工地上两间60平方米的木板保温房也拔地而起。50千瓦的发电机组也已经安装就位，正抓紧安装调试。建站物资的80%已安全运抵工地，再有两个好天气，500吨建站物资就能全部卸完。

看到这里，队长郭琨的脸上终于有了笑容。全体考察队员的脸上也露出了笑容。大家忘了极端的疲劳，都觉得这42小时的苦干值得！

风餐露宿抢建长城站

1月15日，考察队登陆建站半月以来，暴风雪频繁袭击乔治王岛，队员们克服各种困难，抢建卸货码头，抢建房屋，抢运物资，安装发电机组，调试通讯、气象仪器设备，长城站的各项建设工程正按预期计划紧张有序地开展。

然而，队员们脚无干鞋，身无干衣，食无热饭，队长郭琨看在眼里，真是心疼啊！

所以，经考察队领导研究决定：把刚搭建好的一间60平方米的简易木板房改为队员餐厅，并指派科考班、新闻班和气象班全体队员投入建设餐厅的工作。

随后，郭琨一声令下，三个班的队员们采用肩扛、人抬、绳拉的办法，同时动用了各种小型运输工具，从物资站运来了长条木板、木箱、铁皮饭架、汽油炉灶、水箱和砖头等器材，很快就搭建好了汽油炉灶。

大家又用几块长约6米、宽几十厘米、厚约20厘米的木板拼成饭桌、条凳。新闻班的队员组装好两只有5层格屉的铁皮书架当碗橱。

气象班队员则负责安装自来水管，他们把橡皮管的一端拉到餐厅旁小溪的上游，一端用一个小挂钩挂在一个大水缸的上方。伙房师傅要用水的时候，就把挂钩取下来，这样水就源源不断流入水缸中了。

炊事班的队员也不甘落后，他们把冷库中的冻虾仁、螃蟹肉等海味搬进食堂，又取出了海蜇皮、广式香肠等好酒好菜，储存在食堂里。

就这样，在科考班、新闻班和气象班全体队员的共同努力下，考察站的第一个食堂没用半天就搭建好了。一想到晚饭能够吃到上岛以来的第一顿正餐，大家都兴奋不已。

于是，20多岁的炊事员徐秀明自告奋勇为大家做他最拿手的五菜一汤。只见他头戴白色卫生帽，身着白色长工作服，在炉灶边转来转去，大显身手，顿时厨房里充满了大家久违的香气。

一转眼，晚饭时间到了，辛劳一天的队员们兴高采烈地来到新餐厅，第一次能坐到条凳上和条桌旁，吃一顿可口的热菜饭。只有郭琨没来，因为他还在"向阳红10"号船上安排后续的工作。

就在大家入座不久，一位队员敲响饭碗说："请大家安静，董队副有话讲。"大家便放下手中的碗筷，静静地看着董兆乾。

于是，董兆乾对大家说："同志们，今晚是我们站'长城餐厅'开业喜日，炊事班为同志们准备了五菜一汤，还有中国红、白兰地和啤酒等，同志们可以开怀畅饮。

"首先，我代表郭队长向大家敬一杯，希望大家发扬连续拼搏的精神，继续夺取长城站第二战役的胜利。"

随即，大家共同干了一杯。想到这么多天的艰苦工作和生活，大家的眼圈都湿润了。

第二天，为了纪念和庆祝长城站第一座建筑物，即"长城餐厅"正式投入使用，队员们请来了"向阳红10"号船的机电员，即书法家姜晓宏在食堂的正门上挥毫书写了"长城餐厅"四个大红字。

从此，"长城餐厅"便成为考察队员生活中的佳话。食堂建好了，队员们最大的物质需求有了保障。接下来，大家便以更高的热情投入到建设长城站的第二战役中。

所有的队员心里都明白：他们必须抢在大海封冻前完成"长城站"的所有施工建设。只有在这个前提下，才能保证所有非越冬人员的安全撤离。

大家同时也明白：南极站不是几栋房子，而是一个小型城镇，是一项综合的系统工程。由于考察队从来没有在冰原上建房屋的经验，所以，大家感觉压力很大。而作为队长的郭琨，压力就更大了。

这些压力首先来自气候的挑战。我们已经知道，南极夏天的平均气温为零度，当时站上最低气温零下7度，大致相当于北京的冬天。

根据郭琨当时的日记记载，在南极停留的59天里，8天晴，26天雨，25天雪。大风来袭时，最大风力达每秒40米，强度超过12级台风。

所以不妨说，正是由于南极的气候异常恶劣，再加上考察队又从来没有在冰原上建房屋的经验，因此，大家就更需要抓紧时间，尽量把所有施工建设往前赶，以便有意想不到的事情发生时，还有回旋的余地。

于是，自1月16日起，每天5时左右，郭琨就开始到各个帐篷吹哨子叫大家起床干活。考察队的目标是"苦战27天，建成长城站"。

有时候郭琨心里也不忍啊。队员们居住的塑料帐篷常被大风掀翻，拉链式的门帘缝时时灌满雪粒。有时队员收工后，帐篷里积雪已有一尺多厚。

初抵南极的15天内，站上还没有安装发电机，科考队居住的帐篷里没有任何取暖设施。队员们睡在充气塑料小帐篷里，地上铺充气垫子，身上盖鸭绒睡袋、被子。一觉醒来，发现被子上盖了一层厚厚的雪是常有的事。胡子和眉毛都冻冰了，成了白胡子老头。

每天清晨起床后，鸭绒睡袋下面便湿漉漉的。所以很多队员起来以后腰酸、腿疼等等，体力很难恢复。

而平时的洗漱全部在冰冷的溪水里，有的队员则抓一把雪在脸上胡撸一把，再拿雪把牙擦一下，就算完成了洗漱；有时候吃完饭以后没水就拿雪擦擦碗。因此不少人的脸、耳朵冻肿了，嘴唇裂了口子。

大部分队员脸上脱皮，嘴都裂了口，别说喝水吃饭了，有时说话都不行。就在这种环境之下，大家每天劳动有17个小时，不分白天黑夜地干。

如前所述，大家就是要赶在南极夏天之内完成建站，不抢不拼搏是建不成的，所以他们每个人都有同感：南极考察站的建成，是拼出来的，是抢出来的。

暴风雪来的时候队员就干不了，遇到八九级大风，人在露天根本就站不住，所以不得不停工。风雪一停马上又开始建站。有时候呢，一干就是 10 多个小时，连饭都顾不上吃。

大家白天晚上连轴转的时候，每到晚上 23 时 30 分左右，伙房师傅都会给队员们做好夜餐。而队长要求每个队员必须去吃夜餐。

有的时候，夜餐做得很少，反而剩得很多。为什么呢？因为这时候，大家一看只有这么一点面条，有些队员就吃两口，有些队员干脆就不吃了，留给别的队员吃。这些事情都藏在大家的心里，非常感人。

1 月 20 日，长城站的办公楼和宿舍楼主体工程施工全面开始。

"J－121"号船的海军官兵，主动组成一支突击队，每天乘小艇到工地，哪里的活最重最累最脏，他们就出现在哪里；队员几乎个个都是豁出命来干。所以，很多队员收工后，一进帐篷连衣服也顾不上脱就睡着了。

施工过程中，有的队员骑在 5 米多高的钢框架上，顶着雨雪和寒风安装横梁，一干就是 2 至 3 个小时，全身湿透了，手脚冻麻木了，仍然坚持干。

有一次，宿舍楼房顶的防水铁皮被风暴掀开，8 名队员同系一根安全绳，手拉手地爬上房顶，直到把防水铁皮完全牢牢地钉住，大家才放心地撤回到地面。

关于施工的统筹方法，按常规应在一栋建筑物的外壳搭好后，再开始浇灌另一栋的水泥基础，但这样做速度慢、效率低。

为了抢进度，大家就采取交替施工、双管齐下的办法，果然使工效提高了一倍。尽管两栋站房从浇灌水泥基础到内装修有几十道工序，仅墙板就有 500 多块需要严格按设计拼装，需要使用的螺钉 1.5 万余个，但队员们苦干加巧干，使长城站主体工程比最好预期还提前完成了，因此也创造了为人们所称颂的"南极速度"。

在建设发射天线塔的时候，8 个大型棱形发射天线塔，最高的有 28 米，最矮的也有 22 米，在南极架这么高的塔谈何容易！

但是，队员们硬是凭着智慧和勇敢，架起了铁塔，还顶着暴风雪在塔顶成功地架设了发射馈线。

1 月 29 日 3 时，辛劳一天的考察队员们正在酣睡，突然听到发电机房值班的李光明、蔡福文高呼："发电房顶被狂风刮翻了，同志们快来抢救发电房啊！"

队员们从睡梦中被惊醒了。郭琨和董兆乾迅速钻出睡袋，胡乱地穿上羽绒服，冲出帐篷，一边大声呼喊队员起来抢险，一边冲向发电房工地。

没过一分钟，所有的队员都气喘吁吁地跑到发电房的施工工地，这才发现，发电房的顶板已经被狂风掀起一大块，而且裂口正在迅速加大，如果再不立即采取措施抢救，狂风有可能把整个房顶都卷走。

队员们心里比谁都清楚：发电房是长城站的"心脏"，如果它出了故障，不仅建站施工任务无法完成，队员的生存都无法保证，其后果将不堪设想。

来不及多想什么更好的办法，郭琨大吼一声："全部上去再说！"考察队员们便奋不顾身地爬上房顶，硬是用自己的身躯、自己的体重，死死地压住被狂风卷起的房顶。

与此同时，另外一些队员迅速地找来了粗绳、铆钉、钢材、铁锤等抢险器材。有的往地上打钎；有的往钎上套绳；有的抬来大水泥墩；也有的爬上房顶将粗绳套在屋顶板上，再呼喊下面的队员系牢。房顶上的队员有的则腾出手来，铆钉房顶板。

就这样，经过 40 多分钟的突击，整个发电房的屋顶被纵横交错、粗壮结实的绳缆和钢缆"全身套住"，绳缆和钢缆的两端系在地锚或大水泥墩上。房顶上还被多条临时的木板钉牢加固。

发电房保住了，所有队员的生命线保住了，发电机还在继续轰鸣，长城站的"心脏"还在继续正常跳动。看到这一切，有的队员眼睛湿润了。

狂风还在继续呼啸肆虐，站区中的许多帐篷和货场的大篷布被狂风刮得呼啦啦地直响。

喘息未定的队员们又奋不顾身地顶着狂风、猫着腰分头到各处加固帐篷和篷布。大家先用绳索和地锚、木板加固了货场篷布。又把各自的充气帐篷里的气放掉，搬来石头、木板、铁架等重物压住帐篷的脚沿。

这时候，两幢主建筑屋顶的铁皮又被大风掀开，像纸片一样一块块地被吹落在地。为了使刚盖好的主体建筑少受破损，房屋班的杨丽彬、王维华等队员，不顾个人安危，顶着狂风从房屋两侧的舷梯攀登上房顶，想用刚才抢救电机房的"土办法"压住铁皮，其他队员也争相攀上屋顶。

可是，狂风越刮越猛。房顶上的风更大，房顶上四周又没有栏杆和其他保护措施，为了避免人身事故，郭琨果断地命令房顶上的队员全部撤下来，最大限度地保住建站队员的人身安全。

第二天，苏联站和智利站的友邻告诉他们，当晚的暴风风速达每秒 29 至 30 米，接近 12 级。

南极站友邻还告诉他们：南极的风是能杀人的。

因为，12 级的风可以轻易将一个体重 70 公斤的人卷走。而且，南极暴风雪来临的时候，一个人如果只穿羽绒服暴露在旷野，10 多分钟就可能被冻得失去知觉。

就是在这样恶劣的环境中，领导干部、共产党员始终站在第一线，哪里艰苦，哪里需要，他们就出现在哪里。

郭琨精心组织，精心指挥，20 多天里，人瘦了一圈。海军建站突击队队长、共产党员刘宝珠，每天带领水兵涉冰海、顶风雪，奋战在刨挖地基、浇注混凝土的工地上，为建设长城站作出了突出的贡献。

不久，两船两队56名表现突出的海军船员和考察队员，被批准加入了中国共产党。

就这样，大家每天劳动时间都在15个小时以上。所以有队员说：

> 我们南极人跟保尔·柯察金修铁路的劲头是一样的。一样的苦，一样的累，一样的需要激情。

有时候，外国友邻来长城站施工现场参观，看见队员们没日没夜地干，一天都不歇，便忍不住问："你们每天挣多少钱啊？"

队员回答说："我们从来没考虑过待遇之类的东西！如果要挣钱的话，我们就不到这里来了。"

1985年2月14日，在南极考察队员登陆后的第45天，中国南极长城站终于完成了最后一道工序。

从国内带去的"长城站"铜制站标镶嵌在第一栋屋门的正上方。

14日22时，长城站宣告建成。经过全体考察队员的艰苦努力，长城站终于屹立在南极洲的乔治王岛上。

随后，队长郭琨向中共中央、国务院、中央军委报告了长城站胜利建成的喜讯。

建设好的长城站，主体建筑为钢框架高架式房屋。

主体部分由 6 栋橘红色的房屋构成。

其中包括发电站、通讯电台、气象站、测绘站、食品库、科研楼、医务文体楼、上下水管路、污水处理系统、油库、车辆、机械工具库、码头、直升机机场、邮政局等 20 多个部分。

看到这一切，郭琨和队员们激动得抱在一起，放声痛哭。他们终于体会到了女排获得世界冠军时，她们为什么会抱头痛哭。

因为，那些泪水是艰辛和汗水的凝聚物。

举行长城站落成典礼

14 日 22 时，长城站宣告建成后，队长郭琨第一时间向党中央、国务院、中央军委、南极委报告了长城站胜利建成的喜讯。

听到长城站宣告建成的消息后，中央和南极委领导都很高兴。按照考察队出发前的预定计划，南极委决定：派遣以武衡为团长的代表团，赴南极慰问考察队全体队员并举行庆祝"长城站"落成大典。

南极时间 1985 年 2 月 18 日这天，天气格外晴朗，是南极半岛少有的好天气。长城站彩旗招展，鲜艳的五星红旗高高飘扬在主楼前广场上银白色的旗杆上。

考察队员们精神振奋，喜气洋洋。长城站的山山水水都张开了自己温柔的双臂，准备迎接来自祖国的亲人，即我国赴南极庆典代表团。

9 时整，郭琨指派"超皇蜂"直升机准备前往智利站马尔什基地空军机场迎接我国代表团。

11 时 20 分，考察队领导总指挥陈德鸿，副总指挥赵国臣、董万银，队长郭辊，南大洋考察队队长金庆明等领导，以及随队考察的各单位新闻记者们在智利站马尔什基地空军机场等候迎接我国代表团。

11 时 30 分，智利空军专门从事南极飞行的"OC –

130 大力神"飞机在乔治王岛上空低空盘旋一周，校准机场跑道后徐徐降落在停机坪上。

首先走出舱门的，是身着红色南极羽绒衣裤的赴南极代表团团长武衡。下机后，他同在机场迎候的领导和考察队员们一一握手问好。

随机到达的还有代表团副团长杨国宇，代表团副团长、国家海洋局副局长钱志宏，我驻阿根廷大使魏宝善夫妇，我驻智利大使唐海光夫妇和随团工作人员等19 人。

代表团副团长杨国宇用一口地道的四川话说："同志们辛苦了!"随后，杨国宇和其他成员也和考察队员们握手问好。

在机场迎候的新闻记者争先恐后，占据有利位置，抢拍这一难忘的场面。

随后，在武衡的率领下，代表团登上"超皇蜂"号直升机，向我国长城站进发。

12 时 30 分，直升机平稳地降落在刚刚完工的停机坪上。

只见长城站锣鼓喧天，彩旗飘扬，考察队员们喜笑颜开地热烈鼓掌，欢迎祖国亲人，欢迎祖国代表团抵达中国长城站参加落成庆典。

下午，在主楼餐厅兼会议室，代表团一行不顾辛劳和疲倦，细心听取了陈德鸿和郭琨有关建站和考察工作的汇报。

武衡说："祖国人民一直关心你们在南极建站和科学考察，不断听到你们传来的胜利喜讯，长城站离北京 1.7 万多公里，你们走过的虽然不是雪山草地，但闯过的是波涛汹涌的大海，是极地的冰山、严寒和狂风暴雪，这也是新的长征。"

杨国宇即兴写了一首题为《祝长城站》的诗：

洁白银沙铺大洋，冰雪王国多宝藏。

建站造福全人类，五星红旗又增光。

15 时左右，代表团一行又乘直升机去"向阳红 10"号船和海军"J－121"船看望和慰问在船上坚持工作的船员。

晚上，新建的"长城餐厅"里灯光明亮，武衡和代表团全体团员同南极考察队员共进了晚餐。

2 月 22 日，长城站彩旗飘扬，一片欢腾，考察队 500 多名队员以及慰问团和乔治王岛上的智利、阿根廷、巴西、波兰、苏联、乌拉圭等国的南极考察站站长，迎着纷飞的极地风雪，兴高采烈地欢聚在一起，庆祝中国第一个南极站，即长城站胜利落成。

8 时 10 分，精神抖擞的考察队员整装来到主楼前广场，队员们头戴崭新的、印有"中国"两字的南极帽，手持五颜六色的气球，胸佩南极考察队员队标，整齐地列队出现在主席台前。

"J-121"船的 200 名海军官兵，身着蓝呢海军制服，戴着白手套，威武雄壮地列队于主席台右侧。

南大洋考察队和"向阳红 10"号船的队员和船员，身着红、蓝羽绒南极服，列队于主席台左侧。

橘红色主楼上悬挂着乔治王岛各友邻站国家的国旗和彩旗。楼前悬挂着"中国南极长城站落成典礼"的横幅。长城站其他建筑物上也彩旗飘扬，整个长城站都披红挂绿，一派节日气氛。

9 时许，应邀参加长城站落成典礼的各国友邻站的直升机陆续降落在站区。苏联站的大型水陆两用车满载"向阳红 10"号船的船员和考察队员浩浩荡荡地直驶长城站，停在广场左侧。

10 时，大雪仍在不断地飞扬，乔治王岛银装素裹，长城站分外妖娆，站上的报时钟声悦耳动听，响彻四周。代表团副团长钱志宏庄严宣布："中国南极长城站落成典礼现在开始！"

乔治王岛上空第一次响起了庄严的国歌，一面特制的五星红旗迎着风雪，在全体考察队员和各国友邻站来客行立正注目礼中，由长城站第一任站长郭琨徐徐升起。

此时，站区鞭炮齐鸣，锣鼓喧天，几十只彩色气球象征着中华民族的科学之花，腾空而起。

此时此刻，考察队员们热血沸腾，两行热泪夺眶而出，那高高飘扬的五星红旗在他们眼中模糊了。

武衡首先代表全国人民，向为祖国争得荣誉的考察队员表示热烈的祝贺和亲切的慰问，同时对在这次建站和前期的科学考察工作中给予合作和支持的各友好国家表示感谢。

随后，武衡宣读了国务院的贺电，电文说：

中国南极长城站的建成，填补了我国科学事业的一项空白，标志着我国极地事业发展到一个新的阶段，为我国进一步加速国际科学技术交流与合作以及和平利用南极造福于人类奠定了基础。

随后，杨国宇宣读了国家科委、中国科学院、全国总工会、共青团中央、全国学联、国家海洋局、海军等部委的贺电。

正在附近海域进行科学考察活动的联邦德国"北极星"号考察船也发来贺电说：

"长城站"是非常好的名字，是伟大中华人民共和国的象征，祝你们考察取得成功。让我们一起为南极和平开发利用作出贡献，你们是中国人民的先锋。

随后，站长郭琨代表考察队全体队员讲了话，他还郑重地宣布：

欢迎台湾和港澳同胞及各国科学家来长城站考察和工作。

郭琨还以长城站邮局第一任局长的身份，宣布长城站邮局今日正式开业，欢迎各国朋友来长城站邮局办理邮电事务。

典礼仪式结束后，在乔治王岛上的苏联、波兰、阿根廷、智利、巴西、乌拉圭等国的南极站正副站长，和在苏联站进行考察的东德极地研究所生物学家应邀参观了长城站。

苏联别林斯高晋站站长在参观长城站时感慨地说：

你们的建设速度出乎我们的预料，是惊人的，这在建站史上是不曾有过的。质量也是第一流的，在乔治王岛上是首屈一指的，中国人民了不起！

长城站的胜利建成，使生活在海内外的炎黄子孙扬眉吐气，拍手叫好。远在美国的华裔著名物理学家杨振宁教授感慨地说：

中国在南极建立长城站，这是历史上一件重要的事情，也是中华民族史上一件非常重要的事情。

远在我国香港的《文汇报》社长也感慨地说：

> 中国南极考察队在艰苦的环境下，在短促的时间里，建成了中国第一个南极科学考察基地——长城站，为中华民族科学发展史写下了光辉的篇章。

中午，代表团和考察队领导陪同各友邻站朋友共进了午餐。

从南极半岛上美国帕尔默站远道而来的美国朋友，因路途较远，在当天下午才赶到长城站，他们十分歉意地表示来迟了。

长城站全体人员依然十分热情地欢迎远道而来的美国客人。

1985 年 2 月 22 日，将作为中国南极考察的光辉日子而载入史册。

长城站升级为越冬站

1985 年 2 月 18 日，祖国代表团抵达长城站后，全面听取了基地领导和考察队队长关于长城站建设和科学考察活动的汇报，并对长城站是否有条件升级为常年越冬站进行了慎重的研究。

会议一直持续到 21 日 2 时。最后，由国家南极考察委员会主任武衡亲自拍板决定：

新建的长城站升级为越冬考察站。

随后，武衡通过卫星电话责成远在北京的南极委：

立即组建我国第一支南极越冬考察队赴南极进行越冬科学考察。

要知道，在南极建立的几十个考察站，都是在建站后经过 2 至 3 年的扩建、完善工作后，才具备了越冬考察站的要求。而我国第一年建站，仅用了 45 天就建成了具有 500 多平方米建筑，并拥有发电机、通讯设备、气象观测仪器设备和场地、冷库、队员宿舍等设施的长城站。

现在，又在建站的当年就升级为常年越冬考察站，这在南极考察史上是没有先例的，这将在国内外产生重大影响，也将为祖国争得更大荣誉。

1985年2月19日下午，总指挥陈德鸿和郭琨代表组织正式同颜其德谈话，要求他担任长城站首次越冬考察队队长，时间十分紧迫，并立即着手选人组队。

20日晚，在庆祝长城站落成的代表团和考察队员的晚宴上，陈德鸿正式宣布长城站升级为越冬考察站和成立首个越冬考察队，并宣布：任命颜其德为越冬队队长。

随即，全场响起了热烈的掌声，所有的队员都举起酒杯同颜其德碰杯道贺、握手致意。

老队长郭琨还特意从主宾席上端着酒杯来到颜其德身边同他碰杯、拥抱。

郭琨热情地对颜其德说："向你祝贺，相信你一定能胜利完成任务。"

颜其德深知，这是队长对他的信赖和期望。长城站的胜利建成是多么来之不易啊！现在，他要带队成为这里第一个守护神和开拓者，光荣和责任同在。

颜其德后来回忆说：

"说心里话，我原来一点儿思想准备都没有。陈德鸿和郭琨找我谈话的时候，我和队员们又都刚刚收到代表团捎来的一封封妻子儿女盼归的信，因此哪一个队员不是归心似箭哪。

"另外，因为刚刚经历了几个月的艰苦生活和超负荷的工作，队员们都感到有些筋疲力尽，确实需要回国休整。而且，我远在杭州的爱人身体患病，医院已经几次催促她住院手术治疗，大儿子今年正值高考。所以，爱人和儿子期待着我早日回国去照顾他们。"

因此，当陈德鸿和郭琨要求他再次披挂上阵的时候，颜其德真是感慨万千。

颜其德深知，首次越冬任务是十分艰巨的。站上还有许多条件不够完善，乔治王岛的寒冬气温有多低？暴风雪风速有多大？积雪冰冻有多厚？长城站的建筑、发电机、气象通讯仪器设备能经受得住极夜强暴风雪考验吗？

这一切，都有待于颜其德他们去实践、去经历、去探索、去克服，去为后来人开辟道路。

所以，颜其德他们做了最坏的打算，甚至于牺牲的思想准备。

22日凌晨，我国首次越冬队7人，即5名参加长城站建设的队员、两名参加南大洋考察的队员，告别了并肩作战的考察队员，告别了长城站，搭乘祖国代表团的"OC－130大力神"专机从乔治王岛返回智利，回祖国进行短暂的休假。

由于德雷克海峡又称为魔鬼海峡，所以它上空的干扰气流特别强烈，飞机颠簸十分厉害。

从乔治王岛智利马尔什基地至智利最南端的城市，即彭塔阿雷纳斯港约1000公里，"大力神"持续飞行两小时 40 分钟才降在彭塔阿雷纳斯港军用机场。

随后，智利空军派车把他们送到了该市的 HOKNOS 旅馆休息。

1985 年 2 月 22 日下午，颜其德一行又换乘智利航空公司班机离开彭塔阿雷纳斯港直飞"铜矿之国"首都圣地亚哥。

16 时，我国驻智利使馆派人将颜其德一行接到中国大使馆休息。

抵馆后不久，慰问团副团长钱志宏告诉颜其德说：刚才收到长城站的来电称，就在当天，考察队员们在站区西北处发现一块重达 8.5 公斤重的大玛瑙石。

这一发现，再次说明乔治王岛上有稀有矿产资源存在。于是，钱志宏叫颜其德未来在越冬活动中，多注意这些矿产资源方面的考察。

钱志宏还对颜其德说："第一次组队越冬，困难很大。你们首要的是注重人身安全，搞好团结，同友邻站搞好关系，征得他们的支持和帮助，也要经常向北京南极委汇报越冬的情况。相信你们一定能战胜天寒地冻和各种困难，圆满完成首次越冬光荣而艰巨的任务。"

钱志宏还告诉颜其德，要他们越冬队员在 3 月底赶回长城站，再迟了，海上、空中的交通就中断了。

钱志宏又说："听说 3 月底，美国有一条破冰船进南极半岛，我们正在联系让你们搭乘该船进南极。

"因此，你们回国后时间很短，抓紧时间制订越冬考察计划和物资补给计划，安排好家属子女，尽早进南极。"

正在这时，使馆办公室小黄来通知他们说，今晚大使馆举行宴会招待祖国代表团和从南极回来的英雄。

当颜其德一行步入餐厅时，武衡、唐海光大使等领导都已入席就座。

唐大使首先致辞说："今天，祖国代表团刚从南极回来，越冬队同志也刚回来，大使馆还没有过年，今天补过，也表示我们使馆对代表团和越冬队的热烈欢迎。"

席间，代表团、使馆领导及同志们频频祝酒，互致节日的祝贺，不少领导和同志举杯来到越冬队桌前，向他们祝酒、问候。最后颜其德代表越冬队，唱了一首《南极考察队员之歌》，表示回敬。

19时，颜其德一行告别了武衡、钱志宏和大使馆的同志们，乘车去圣地亚哥机场，乘机先期回国休整。

1985年3月30日，是中国南极长城站首次越冬考察队赴南极进行越冬考察的日子。

5时30分，颜其德一行来到北京针织路小学门口，南极委有关同志接待了他们。

7时，越冬队队员会聚到首都机场等候登机。

8时50分，他们乘坐CA－92航班飞抵上海虹桥机场，然后转机经过日本、加拿大，飞往智利首府圣地亚哥，在圣地亚哥中国使馆稍事休整。

1985年4月4日9时，越冬队8名队员乘坐"大力神－130"平安飞抵智利马尔什空军基地。

16 时左右，越冬队颜其德一行，顺利地抵达了我国南极长城站。

至此，我国南极长城站首次越冬考察正式启动。

越冬队在长达 305 天的越冬考察中，以坚强的意志，顽强的毅力，团结拼搏，克服了漫长极夜、风雪严寒带来的种种困难，不仅圆满地完成了站区房屋管理、设备维护和科学考察任务。而且，还与南极站的其他友邻站建立了良好的睦邻关系。同时，越冬队还对我国长城站周边的环境保护，作出了应有的贡献。

1985 年 11 月 25 日，是我国南极长城站首次越冬考察队离开长城站、告别乔治王岛的日子。它将作为南极考察史上又一个值得纪念的日子而载入史册。

在海上陆上进行考察

1985年2月21日，我国南极考察站庆祝落成以后，南极考察队员就正式地进入了第三战役，即在南极进行科学考察。

为什么要说正式地进入了第三战役呢？因为，早在南极站还在建设的同时，站长郭琨就和有关人员对长城站周边进行了小规模的考察。

例如："向阳红10"号船卸完物资后，于1985年1月19日开始进行南大洋考察。

考察海域在南极半岛西北部海区，考察内容包括生物、水文、气象、化学、地质、地球物理等6个学科23个项目，布设综合观测站共34个。

通过这次考察，考察队员完成了南极海域约8730公里的水深测量，约3460公里的重力测量，约3030公里的磁力测量，取得了10万平方公里的多学科资料、标本和样品。

在17天的南大洋考察中，遇到过8个气旋风暴。在恶劣的海况条件下，考察队员们不分白天黑夜，不管狂风巨浪、大雪暴雨，不顾船舶严重摇晃和晕船呕吐，只要船一进入观测站，就紧张地施放仪器，取样观测。

1985年1月24日，"向阳红10"号在西经69分15

秒驶入南极圈，这是我国船只第一次驶入南极圈。

1月26日，遭到12级以上极地强气旋风暴的袭击，风速猛增到每秒34米，浪高12米，波长100米。万吨级的"向阳红10"号船，犹如一叶小舟，在波峰浪谷中挣扎。

巨浪撞击着船体，冲过船头，涌向甲板，使船体剧烈振动，颤抖不止。装在水线下7米多深的两个推进器，有9次露出水面空转，造成"飞车"。

考察船随时都有失控的可能，情况十分危急。因此考察队指挥组向首都北京发出了"情况很危险"的急电。在这生死存亡的紧急关头，船员们个个坚守岗位，与狂风巨浪搏斗。

船长张志挺过去曾多次驾船闯过太平洋，但从未遇到过如此凶猛的风浪，面对险情，他沉着镇定，始终坚守在驾驶室，选择最佳航向，使用正确的规避方法，以娴熟的技术、准确无误的动作，操纵船只脱离了危险，保证了考察队全员的生命安全。

尽管狂风巨浪打翻了后甲板5吨吊车操纵台，船舷铁门被打入海中，五层甲板大餐厅周围出现6处裂缝，但是"向阳红10"号船经受了极圈风暴的考验，显示了中国造船工业的能力。

按照科学考察计划，海军潜水员刘宝珠，在菲尔德斯海峡冒险下潜到57米深的海底，停留5分钟，观察了海底生物，并采集到一批标本样品，其中包括一块长着生物的岩石。因此，刘宝珠成为在南极海域下潜的第一个中国人。

以上便是南大洋考察队员的考察情况，而南极大陆考察队的考察也几乎在同一时间就开始了。

1月23日晨，郭琨通知颜其德说："从明日起，科考班从建房中抽出来，准备两至三天，制订考察计划后，马上转入野外科学考察。"

当天晚上收工后，颜其德便召集科考班全体队员商讨了野外考察计划，并决定次日组织一次野外实地考察，对站区周围的地质、地貌、冰川和生物等情况进行一次实地勘察活动，这有助于计划的制订和进一步的科考活动的开展。

24日8时，科考班全体6人和中央人民广播电台陶宝发同志一起，整装出发。考察路线是由站区向西翻过乔治王岛分水岭，向菲尔德斯半岛西海岸前进，在那里可观察到4米至5米长、200多公斤重的海豹和以凶残著称的海狼。

在翻越分水岭的沿途，科考班较详细地观察了地质构造、岩石出露类型、冰川地貌现象、蠕动、石条、石环等，观察中他们发现冰川地貌现象十分清晰。

沿途科考班还采集了岩石标本和低等植物地衣、苔藓等样品。年轻的地质博士刘小汉还描述了沿途地质剖面，为今后地质填图和地学研究获得了宝贵的第一手资料。

28 日，为了在较大范围内调查站区外围及乔治王岛的地质构造、地貌、第四纪冰川、生态环境和火山活动情况，科考班搭乘海军"超皇蜂"号直升飞机进行科学考察。

此次考察的航线是由乔治王岛西海岸自南向北绕岛飞行。沿线观察到乔治王岛西海岸冰川林立，海岸陡峭，十分险要。

由于海浪长期冲刷剥蚀，海中有许多直耸的石峰，犹如一根根巨大的擎天柱。

14 时 30 分，"超皇蜂"平安降落在西海岸的韦罗斯湾的泰勒角上。这也是帽带企鹅，即颈脖上有一圈黑色羽毛企鹅的故乡。

而当时正值企鹅繁殖季节，数以万计的帽带企鹅栖息在海角上，孵出不久的幼企鹅已经能够跑动，但身上还没换装，仍是一层黑色的薄绒毛。

由于海角狭小，企鹅群栖息密度太大，科考班发现：有不少幼企鹅丧命于拥挤或其父辈的角斗中。不少窝巢中还可见不能孵鹅的蛋。

这些不能孵鹅的蛋不知是因为企鹅妈妈粗心而使蛋受凉不能孵出还是其他的原因造成的。

企鹅是南极的"主人"，又是考察队员的好朋友，当时，海军飞行员和考察队员都抓紧时机同企鹅朋友摄影留念。

"超皇蜂"飞到乔治王岛北端尽头时，到企鹅岛火山口上空盘旋，因下面场地狭小，科考班只好在飞机上透过小圆窗观察火山口的情形。

他们发现：这个火山口呈标准的圆形口状，四周紫红色的火山角砾物和火山灰清晰可见，说明它最后一次喷发的时间就在不久之前。那就是说，这个火山口就像南极大陆上的埃利伯斯火山那样，至今还在活动。

随后，颜其德同科考班生物学家吕培顶，又对俗称南极"西湖"的长城站饮水湖进行了科学考察。

俗话说，上有天堂，下有苏杭。我国杭州的"西子湖"以风光秀丽而闻名于世。古往今来，吸引着众多国内外游客到那里观光游览。

而在远离祖国1.7万多公里的南极乔治王岛上，中国长城站，又正式以"乔治王岛西湖"命名了站区中的一个湖泊。

长城站的西湖，是考察队首次登上菲尔德斯半岛东海岸进行长城站站址选择时看见的。离它不远处还有两个形状狭长，面积几乎相等的湖泊。

由于这3个湖泊相间坐落于半岛东海岸，在这儿建考察站，施工用水和考察队员的饮用水都有保障，因此，这3个湖泊，尤其是"西湖"，就作为预选站址的一个重要条件而加以考虑。

首次登陆当天，考察队员们不仅亲自用手捧水品尝，而且还取回水样进行了化验，证明水质很好，不含对人体有害的物质，完全可以作为饮用水。

为了准确地弄清"西湖"的水深、冰冻的参数，站长郭琨交给科考班一个任务，对"西湖"的水深和环境进行调查。

颜其德和吕培顶知道，要完成这项任务，必须解决好船只和调查所用的仪器设备。

于是，科考班全体队员决定亲自动手制作"船只"。他们将4块长6米、宽0.3至0.5米、厚约10厘米的厚木板，用铆钉钉在一起，制成一只木筏，又在木筏上钉上缆桩，拴上缆绳，而且，还专制了两只划桨。

一切准备就绪后，经站长郭琨的批准，将该木筏取名为"长城3"号艇，因为"长城1""长城2"号艇是"向阳红10"号船向站区运货用的登陆艇。"长城3"号艇，也算是它们的"姊妹艇"吧。

为确保出行安全，郭琨亲自挥桨，首次对"长城3"号艇进行了试航。

在进行了试航后，郭琨确认"长城3"号艇操作灵活，能载4人进行工作，并能安放简易测探仪和采泥器等浅海调查仪器，这才允许颜其德和吕培顶他们4人向"西湖"挺进。

1月30日，颜其德和吕培顶等4人考察小组，正式对"西湖"进行了测量和调查。考察项目有水深测量、底质取样、浮游生物考察等。

经过这次考察，队员们准确地测知："西湖"总长约为150米，宽约为80米，面积约1200平方米，储水量约

7000 至 8000 立方米。

而且"西湖"底像一个正放的锅底形状。它的水深自湖岸到湖心变化很大，湖心最深处达 10 米以上。

另外，"西湖"湖底有丰富的藻类、水草和毛虾类，底质是乌黑的软泥，非常肥沃。湖边有许多小昆虫，如黑蚂蚁等等。

所有的这一切表明："西湖"是一个存在浮游生物，而且在冬季冰冻不到底的淡水湖。

从宏观上看，"西湖"是一个山间凹陷湖，它的水源主要来自山区的融雪。

在夏季的时候，由"西湖"形成的一条季节性小溪，昼夜不停地淌水流经站区中央，成为站区饮用水的水源。又由于它位于站区西边约 80 米处，因此郭琨把它定名为"西湖"。

"西湖"水位略高于长城站主体建筑的水箱，只要安装好水管，湖中水可以自流到主体建筑中。

所以，长城站正是有了这个"西湖"，不仅有充足的淡水量储备，而且点缀了站区的自然风景，是长城站不可多得的风景点之一。

与"西湖"相邻分布的其他两个淡水湖，队员们分别把它们命名为"燕鸥湖"和"高山湖"。

除"西湖"外，科考班还对站区东侧的海湾取名为"长城湾"，其中的小岛则被命名为"鼓浪屿"。此后不久，他们还对长城湾进行了水文、生物、化学、水深、底质等学科的调查，获取了很有价值的研究资料。

1985年2月21日，我国南极考察站庆祝落成以后，南极考察队员在陆上科学考察才正式开始了。

于是，科学考察队员不顾建站的劳累，积极开展了地质、地貌、高空大气物理、地震、生物、地磁、测绘、大气气溶胶等项目的考察，采集了一批标本样品，获得一批宝贵的数据。

例如，在南极地球物理学方面，中国科学院地球物理研究所贺长明进行了地磁脉动、哨声和磁暴观察。

在南极地质与矿产资源方面，考察队员横贯南极山脉干谷地区和赖特谷地的现代冰川、地质地貌进行了考察，并提出极有价值的看法。

在大气物理与大气化学方面，考察队员利用国产辐射智能仪展开了辐射观察，获得了天空辐射、地面反射和净辐射的资料，为全面研究这一地区的辐射平衡提供了原始依据。

对于南大洋磷虾的考察，中国科学院海洋研究所、中国水产科学与东海水产研究所和国家海洋局第二海洋研究所的王荣、陈时华、郭南麟等人，在南设得兰群岛周围阿德莱德岛北部面积约10万平方公里的海域进行了磷虾考察。

这次南大洋磷虾考察的内容和项目包括：用TCL-204型垂直探测器进行全程侦查，以了解测区内磷虾的水平分布、垂直分布和变化规律。

用 IKMT 斜拖网，从 150 米水深至表面作了数量分布和生物研究的标准取样。

用 52GG 大型浮游动物标准大网，从 200 米水深至表面作垂直拖曳，了解磷虾幼体的平面分布。

用北太平标准网进行分层拖网，了解磷虾幼体的垂直分布。此外，还用圆锥网垂直拖曳试捕磷虾。

此外，南大洋考察队还对南极大陆沿岸和海湾水域布设了 3 个软底站，采集了未受扰动的柱状沉积物样，并作了现场 X 光射线拍照，分析了沉积物内大型底栖动物的垂直分布和生物扰动。

结果表明，由于南极大陆沿岸没有河流，不存在沉积速率对底栖动物活动的影响，因而这三个观测站 5 到 10 厘米以上的表层沉积物内大型底栖动物相当丰富，虫穴纵横，生物扰动明显。

除上述分类和生态研究外，南大洋考察队还对南大洋海域的群落生态、动物、地理等方面也进行了分析研究，并且取得了一些初步认识。

此外，国家海洋局东海分局和第二海洋研究所等单位的海洋地质和地球物理工作者金庆明、房成义、沈家法和郑连福等人，在南极半岛西北部海域的调查中，获得了 34 个海底表层沉积样品、两个柱状样品。

此外，南大洋考察队还对南大洋浮游植物进行了广泛而深入的研究。对南极半岛西北部水域以磷虾为主的生态环境调查，共布设了 27 个观测站，取得了 674 个样品。

通过这次全方位的考察，我国南极考察队员对长城站站区及其周边环境资源和南大洋环境资源，有了一个初步的、全方位的了解和认识。这次考察获得了许多珍贵的第一手资料，为进一步研究南极的地质构造、气象变迁、生态变异和冰层特性提供了可贵的数据，为人类认识南极作出了应有的贡献。

至此，我国南极考察队员在建立了长城站生物保护区后，南极洲考察队、南大洋考察队完成了陆上和海上的科学考察任务。

三、 载誉归来

● 万里委员长高兴地表示：从你们出发那天起，党中央和全国人民就注视着你们、关心着你们。

● 汪道涵在讲话中热情洋溢地表示：你们的崇高理想、铁的纪律和革命英雄主义精神，时时激励和鼓舞着上海人民为社会主义现代化建设事业作出更多的贡献。

● 武衡在欢迎词中指出：500多名南极勇士取得的成就，是中国科学考察史上的一个创举。你们为祖国立了功。

记者总结长城站十八景

说起首次南极考察，就不能不提新闻记者队伍。

我们知道，南极考察队在组队之初，新华社、人民日报社、光明日报社、文汇报社、解放军报社、解放日报社、中央人民广播电台、中央电视台、中国新闻电影制片厂、人民画报社、上海科教电影制片厂等单位，共派出了200多名新闻记者、摄影师随考察队赴南极实地采访。

这些新闻记者、摄影师在随队采访期间，与其他所有的考察队员一起经历了晕船呕吐、抢建码头、站区建设、水陆考察的全过程。

除此之外，他们还有有别于其他队员的特别任务，即新闻报道。而《人民日报》的记者杨良化在长城站工作和生活的点点滴滴，则正是所有随队新闻记者、摄影师工作和生活的一个缩影。

1984年12月29日，考察队54勇士首次登陆的那天，杨良化出于做记者的职业敏感，感觉到：南极第一夜的感受肯定是一个新闻点。

因此，当时他虽然也累得要命，但是他还是自愿要求在夜里值班，经过软磨硬泡，郭琨也同意了。

于是，他出来到帐篷外面，巡视观察南极的夜空，当时正好是南极的"极昼"，一天大概有 20 来个小时能看到太阳。

他后来写道：

> 太阳从这边的地平线上斜绕着，绕到那边的地平线上落下。大概夜里 24 时落下去了，3 至 4 时又出来了。天空最黑的时候，相当于我国北京夏日清晨 5 至 6 时的灰度。

他还到处观察考察队员们在干什么，又留意看周边的环境，以及他的同行朋友们在做什么。

杨良化还写道：

> 南极之苦，之难，除了累以外，采访难，写稿难，发稿更难。

比如说，最初登陆的 54 名队员，每天早晨集合，点名以后分成班组，再分配任务。

当时，新闻班有 7 名新闻记者，即《人民日报》杨良化、中央电视台两名记者、中央人民广播电台两名新闻记者，另外就是上海科教电影制片厂两名新闻记者。

虽然这 7 名新闻记者得到了首次登陆的机会，但是，写出来的新闻稿和拍摄的图片如何传回远在万里之遥的北京、上海总部，又成了一件让人头痛的事情。

平时在国内，可以通过许多渠道，比如通过无线电，但在南极却行不通。又因为杨良化所在的《人民日报》对报道内容要求得很具体，所以，他就只得另想办法。

另外，因为杨良化当时年纪轻，是突击队的壮劳力。几乎每天满负荷地帮助建站，那他怎么采访呢？因此他总结出了自己的一套工作方法，那就是：一边工作，一边和其他队员交流，并且加倍留心他身边发生的事情。

比如，杨良化随地质学家考察一些地方时，就积极协助他们工作，同时向他们了解一些地理知识，回基地后，杨良化就可以写地质考察、生物考察、环境考察和冰川考察的报道了。

每天满负荷地帮助建站，没有时间写稿子，那怎么办呢？于是杨良化就在夜里24时，或者在吃过晚饭休息时，或者在大家进入梦乡的时候写。

当时，杨良化为了不受打搅，没有住较大的、环境好一点的、带有电暖气的帐篷，而是申请一人的小帐篷。

这个小帐篷是双层充气塑料的，长2米，宽1.5米，里面搁一个充气垫，搁水桶、杂物等等。好在南极是极昼，夜里只是灰蒙蒙的，所以也不用挑灯。杨良化就在灰蒙蒙的情况下，找了一块板子，放在膝盖上垫着写。这期间，《人民日报》登的100多篇杨良化的稿子，就是这么写出来的。

在整个随队采访的过程中，新闻记者们写稿子不容易，发稿子就更难了。从上海出发到南极的路上，在船上怎么发稿呢？

如果是短稿子，杨良化就求求船上的政委、船长、指挥员，请他们签字批准了，把稿子交给机要室，机要室译电员把稿子用密码敲出来，发到国家海洋局。国家海洋局把密码接受下来后，再翻译成文字，然后发到人民日报社，或者人民日报社派人去海洋局取稿子。

后来，考察船队走得越来越远，因为其他无线电干扰、电离层的破坏，考察船上超高频的无线电也经常发不出去，老是断断续续的。

幸好，人民日报社给杨良化配备了一台当时最先进的设备，就是很大的一台电话传真机。

那么，杨良化他们是怎么用这个电话传真机，和远在国内的北京、上海总部通电话的呢？比如，考察船队在太平洋里发出的信号，需要通过日本东京地面站转接，东京地面站接通了，它再通过海底的电缆传到上海，从上海再通过长城线通到北京。所以，当时发稿子的难度可想而知。

尽管这样，这个电话传真机在同行中还是最先进的，所以，新华社同行也会借这个机器传一下稿子，《解放军报》的同行也借一下。好在大家相互配合，比如一个接电话，一个做录音，一个做记录，所有的困难都一一克服了。

就这样，记者们凭着职业的敏感，写稿之余，总结出了长城站 18 景。

第一景是：五星红旗旗址。它位于长城站主楼前约15 米处的站区正中央，这里是 1984 年 12 月 31 日长城站奠基点。

旗址是由长 4 米、宽 4 米的正方形平地，旗台和旗杆组成。平地四周用垂吊铁链栏杆围成，地上铺满从几百米远处拣来的地衣。

平地正中是用水泥浇筑的高约 1 米的正方形旗台。旗杆高约 10 米，并用白漆作了粉刷。

第二景是：长城石。它位于旗台左侧约 8 米处，是一块高约 1.3 米、重约 3 吨、近似方柱形的灰黑色花岗岩卵石。

这块长城石是考察队员从几百米外，用站上的大型拖拉机费了很大力气才拉过来的。方柱形的长城石的中段，用仿宋体刻着：

长城站

右侧则是：

中国首次南极洲考察队
1985 年 2 月 20 日

这些字是在建站期间，由长城站第一任站长郭琨亲笔书写，并由海军"J－121"船的气象组长夏叔眉花了近一周时间，用小钻子镌刻出来的。

它象征着中国南极长城站来之不易。这块长城石，已由世界南极考察委员会列为第51号南极纪念物。

第三景是：大铁锚。它位于旗台右侧8米处。铁锚是用生铁浇铸而成，高约3.5米，是中国人民解放军海军专程从国内运来南极赠送给长城站的纪念品，上刻有：

中国人民解放军海军308名官兵首次赴南

极纪念

J－121　1984. 12. 26

铁锚象征着我国海军指战员首次横越太平洋为长城站建设作出的重大贡献。

第四景是：长城站站徽和金钟。站徽和金钟都是用黄铜精制而成的。站徽悬挂在主楼正门上方，图案的正中是南极洲地图，地图四周分别用中、英文刻有：

中国南极长城站

THE GREATWALL STATION OF CHINA

这是国家南极考察委员会精心设计的。

金钟悬挂在站徽左侧约2米处，钟上刻有：

金钟长鸣、长城世盛

这是上海市人民托"向阳红 10"号船赠送给长城站的纪念品。

第五景是：温盐深自记仪。它位于旗台左侧约 12 米处。这是天津市国家海洋局海洋仪器研究所研制的，用于测量海洋 2000 米水深的温度、盐度和深度变化的全自动记录仪器。

自记仪上面写有：

考察南极、造福人类。

它象征着天津市 800 万人民对长城站的关爱。

第六景是：铅鱼。它位于旗台右侧约 12 米处，是一对 10 公斤重的"铅鱼"，同时，它也是海洋水文测量仪器。

铅鱼呈"八"字形，放置在高约 0.9 米的水泥墩上。上面刻有：

中国南大洋考察队

这是参加我国首次南极考察的南大洋考察队的 74 名队员，赠送给长城站的纪念品。它彰显了南大洋考察队员们战狂风，斗恶浪，为国争光的决心和意志。

第七景是：铜桨。它位于铅鱼右侧约 5 米处，是由黄铜制成的一只重约75公斤的船用螺旋桨。这是国家海洋局东海分局"向阳红10"号远洋科学考察船150名船员，专程从上海运来南极赠给长城站的纪念品。

铜桨象征着"向阳红10"号船乘风破浪、远渡重洋、勇闯南极的豪迈气概。

第八景是：路标。它位于站区主楼右侧的道路上，高约4米。路标图案的顶上是"闪电"图案，下面是一只木制"大企鹅"，图标的正中是一只"六手"和英文字母"S"和"N"示意的南北极路标。

它象征长城站虽然远在海角天涯，但考察队员始终同祖国10亿人民的心息息相通。

第九景是：气象观测场。它位于二号主楼东侧约30米。它呈长方形，占地面积约110平方米，地表铺满了南极地衣。观测场内安装有一架10米高的测风塔、百叶箱、太阳辐射观测平台。

观测场四周用白漆铁栏杆围成。紧靠栏杆处竖有4只绿色气象通讯环形天线和卫星云图接收天线。整个气象观测场布局大方，被考察队员喻为"长城站的小公园"。

第十景是：崂山石。它位于站北80米外的山包上。

崂山石重约200公斤，是青岛市人民政府在考察队出发前赠送给海军"J－121"船队，而作为"J－121"船队赠给南极长城站的纪念品。

崂山石的正面刻有：

中国人民解放军海军 J－121 船赴南极考察纪念

中华人民共和国青岛市赠

它象征着中国人民解放军海军"J－121"船队全体官兵，敢于克服一切艰难险阻和征服南极的决心。

第十一景是：天文观测点。它位于长城站西北的山头上。进站之期，测绘班的队员就在这里用天文观测仪器进行了 55 次天文定位测量，确定了长城站的准确位置为：

南纬 62°12′59″、西经 58°57′51″

在水泥浇注的天文数据上用中英文分别刻有"中国长城站天文点"的字样。这是我国在南极建立的第一个测量标志原点。

第十二景是：深海底质取样管。它竖立在长城站西边的小山头上。取样管是两节不锈钢的仪器，高约 4 米，上面标有"中国杭州"的字样。

它是国家海洋局第二海洋研究所代表杭州市 120 万人民赠给长城站的纪念品。

在南大洋考察中，曾用它从 2000 多米水深的大洋底取得了十分可贵的海底底质样品。这些资料是研究大洋底的沉积规律，探索地球演变的珍贵资料。

第十三景是：乔治王岛"西湖"。它位于站西约80米处，四面环山。"西湖"是长城站冬夏季饮用水的主要水源。经测量，湖中有丰富的水草和虾类动物，湖边有小黑蚁等昆虫。与"西湖"面积相仿的还有"燕鸥湖""高山湖"，分别在站区南约500米处，与西湖形成"三姐妹"湖，点缀了长城站的风光。

第十四景是：航标。它位于站西南约200米的山头上，是用一木头制成的三脚架。由于它地势较高，在长城湾周围很远就能看见，十分醒目，可作为附近海域航船的标志之一。

第十五景是：飞来石。它位于航标南约30米处的同一山头上。它是一块摇摇欲坠的巨石。这是南极洲常年的狂风暴雨侵蚀作用的见证。

第十六景是：水准点。它位于站南约400米处。这个水准点是长城站水准测量基准点，用精密水准仪进行长城站潮差测量后，得出水准点的海拔高程为10.36米。

第十七景是：长城站码头。它位于站区正东的海边。码头长约28米、宽约6米、高约1.7米，累积土方约500立方米，用了约500只麻袋、草袋和上百根钢管建造而成的。

长城站码头路面，可供一辆装载5吨的吊车，或装载5吨的拖斗车进行装卸作业。建站期间，约300多吨建站物资就是通过码头一吊一吊的安全地运到站上的。

它见证了我国首次南极洲考察队全体队员不怕风吹

浪打、不怕流血牺牲的大无畏精神。

第十八景是：长城站养鸟场。南极洲夏季的时候，在长城站站区周围能观察到的南极海鸟多达十几种，为了在各季观察站区附近鸟类种类的变化和生活特征，考察队员们决定利用剩饭剩菜建立起"养鸟场"，每天定时鸣钟喂养一次。

这样既进行了生物物种考察，又能给酷寒而孤寂的极夜生活增添不少乐趣。

另外，值得一提的是长城站在乔治王岛上的邻居。

前面已经提到过，当时，在乔治王岛上已有6个国家相继建立了科学考察站。它们是苏联的别林斯高晋站、智利的马尔什空军基地、波兰的阿克托斯基站、阿根廷的尤巴尼站、巴西的弗拉兹站、乌拉圭站。所以，这6个国家的考察站都是长城站的邻居。

其中，苏联的别林斯高晋站和智利马尔什基地建在一起，中间仅相距200至300米远。这两个站和我国长城站同位于长城湾中，它们距长城站约有3至4公里，所以，是长城站的近邻。

苏联人称别林斯高晋站为他们国家在南极洲上的第30个科学考察站，站上有各种大小建筑13栋。

这些建筑除了有进行科学考察的各种实验室外，还有一个设备较齐全、配备有两个床位、两位医生的医院。

别林斯高晋站常年进行科学考察的项目有气象、生物、地球物理、电离层研究、大气物理、海洋水文、大地测量和人类医学等，是西南极洲上各国科学考察站中，考察学科较全的一个站。

每年来站上进行越冬考察和夏季考察的人员为 25 至 30 人，包括站长在内，实行两年轮换制。

智利马尔什空军基地，是一个名副其实的南极后勤供应基地和正在试建的"南极居民村"。

离站区约 2 公里的海岸上的马尔什空军飞机场，建有一个 2000 米长跑道，能降落"大力神－130"大型客货机，并建有大型飞机修理库和供来往南极的考察人员、旅游者使用的餐厅、旅馆、俱乐部等设施。

此外，这个"南极居民村"还建有医院、银行、邮局、小卖部、俱乐部、学校等生活设施。该站开展的科学考察项目中，气象观测设备较齐全，是西南极洲的气象预报中心。

这个气象预报中心，每天 8 次定时向它的首都圣地亚哥发送实时气象资料。同时，还向西南极洲各国考察站发布气象传真资料和图像，以供这些考察站分析使用。

不仅如此，马尔什空军基地，还是智利在西南极洲上其他两个考察站的后勤供应基地，负责转运从国内运往两个站的物资装备、粮食和考察人员的来往。

因此，我国南极长城站，从它初创的第一天起，就同各国友邻站建立了良好的睦邻关系，为日后我国在南极的考察工作和国际考察合作奠定了良好的基础。

撤离长城站回到祖国

当地时间 1985 年 2 月 28 日 9 时 40 分，我国首次南极考察队在完成建站和科学考察任务后，除越冬队员外，全部撤离长城站。不久就进入南纬 40 度海域。

如前所述，南纬 40 度以南洋区，是举世闻名的"西风带"。这里终年刮着方向几乎不变的偏西大风，掀起凶猛巨浪，素有"咆哮 40 度"之称。

它正是考察队返航路上的拦路虎，船员早就领教过，记忆犹新。

1985 年 3 月 31 日，船队驶出麦哲伦海峡西口，进入西风带，关于当时的情景，队长郭琨后来在《中国南极长城站》一书中这样写道：

> 风暴越来越强烈，大浪大涌，船只颠簸得十分厉害，尤其是横向摇摆更为剧烈。
>
> 惊涛骇浪打在七层舷窗上，室内所有物品都翻滚了，我也从床上滚了下来。正在这时，传来一声震耳欲聋的巨响，船摇摆得更厉害了，颤抖更剧烈了。这是什么响声，发生了什么事情？所有的队员都有些心惊胆战。
>
> 我跟跟跄跄爬上驾驶室，船长张志挺告诉

我，刚才的巨响是船艇 18 米多高天线塔上的 30
千瓦大型通讯天线被摇晃掉了，砸在了甲板右
舷栏杆上。

当时，风速每秒 25 米，船只摇摆 35 度。为了避开顶
风逆流，考察船果断地决定改变航线，沿南美西海岸北
上，并 4 次调整航向，才再次闯过狂暴的西风带，驶入
原计划航线，继续返航。

三天的艰苦航行，使大家四肢发软、头脑发木。到
甲板上散步都不约而同地说：

活过来了！活过来了！

随船记者邱为民的一首词也确切地说明了考察船经
过西风带的艰险情景。邱为民写道：

西风带，涌浪咆哮震天烈。震天烈，马达
声竭，汽笛声咽。漫漫海路与世绝，甲板迈步
重如铁。重如铁，大涌如山，飞浪如雪。

就这样，考察船艰难地渡过德雷克海峡，在智利彭
塔阿雷纳斯港补给、休整后，再次横渡太平洋。

1985 年 4 月 10 日，历尽千辛万苦的中国首次南极考
察编队，经过 37 天的艰难航行，胜利回到祖国怀抱。

当天，南极委、国家海洋局、海军东海舰队在上海黄浦江畔举行了隆重的欢迎仪式。

南极委主任武衡、上海市委第一书记陈国栋、市长汪道涵、中顾委委员方强和彭德清、共青团中央书记李源潮、南京军区司令员唐述橡、海军东海舰队司令员谢正浩等领导人与考察队员亲属及各界人士2000余人，聚集码头，热烈欢迎胜利归来的南极考察健儿。

武衡在欢迎词中指出：

我国首次赴南极考察编队战胜了狂风恶浪，顺利地进行了南大洋和南极洲的综合性科学考察，取得了大量宝贵的科学资料。

尤其令人振奋的是，在南极建成我国第一个科学考察站——中国南极长城站，为我国在南极科学考察工作建立了前进的基地。

500多名南极勇士取得的成就，是中国科学考察史上的一个创举。你们为祖国立了功。

汪道涵在讲话中热情洋溢地说：

你们的崇高理想、铁的纪律和革命英雄主义精神，时时激励和鼓舞着上海人民为社会主义现代化建设事业作出更多的贡献。

接着，考察队总指挥陈德鸿讲话，他首先代表考察队员向前来欢迎的各界人士表示衷心的感谢，他说：

中国首次南极考察编队在南极建站和科学考察的成功，是党中央、国务院亲切关怀的结果，是全国人民鞭策鼓舞和大力支持的结果。

成绩和荣誉归功于党，归功于国家，归功于人民。

值得一提的是，考察队返航时，"J－121"船带回一块南极石，作为回赠给青岛人民的礼物。为了准备这份礼物，科考人员着实费了一番工夫。

他们驾着小艇搜寻冰雪覆盖的南极纳尔逊岛，最后于2月20日在陡峭的西北部山坡上，找到了一块200多公斤重的深褐红色南极石。这是一块因火山爆发而形成的玄武岩，坚硬无比。

在返航途中，这块南极石一直卧放在"J－121"船的甲板上，气象小组组长夏叔眉每天趴在上面埋头雕刻，一直到"J－121"船驶近赤道库尔群岛附近时，才雕刻完成。

石碑正面刻着：

赠青岛市人民南极石

背后刻着：

首次赴南极 308 名官兵

因此，夏叔眉一再强调，这块南极石不只是一件"纪念品"，更是祖国子弟兵在胜利完成首次赴南极考察任务后，向祖国交上的一份答卷。

"J－121"船抵达青岛后，全船官兵郑重地将这块意义特殊的石碑送给了青岛市人民。

4 月 13 日，部分队员回到北京，在北京火车站受到中央国家机关党委、国家科委、南极委、国家海洋局、中国科学院等 20 多个单位和 400 余名群众的热烈欢迎。

在欢迎仪式上，中央国家机关党委第一书记宋一平致了欢迎词。

首次考察队从出航到返回祖国，历时 142 天，航行 48955 公里，穿越 98 个纬度，横跨 183 个经度，越过 13 个时区，穿过 5 个风带，度过 4 个季节。

经历这么长时间的航行，这么远的航程，这么复杂的航线，在中国航海史上还是第一次。

在中南海举行庆功大会

1985 年 5 月 6 日下午，中国首次南极考察庆功授奖大会在中南海怀仁堂举行。

会前，中共中央和国家领导人万里、李鹏、习仲勋、彭冲、方毅、杨得志、张爱萍、余秋里、周谷城、严济慈等，听取了首次队领导关于南极建站、科学考察和航渡等情况的汇报，并观看了有关录像。

万里委员长高兴地说：

> 从你们出发那天起，党中央和全国人民就注视着你们、关心着你们。
>
> 你们圆满完成了党和人民交给的任务，你们经过艰苦卓绝的奋斗胜利归来，我向你们致以慰问和感谢。
>
> 希望你们认真总结经验，努力使我国南极科学考察事业赶上世界先进水平。

他希望全国人民学习考察队员的艰苦奋斗、不怕牺牲的精神，在祖国四个现代化建设的各条战线上不断取得新成绩。

16 时整，庆功授奖大会开始。南极委副主任、国家海洋局局长罗任如主持了大会。

首先由杨国宇宣读了南极委给参加中国首次南极考察的有功单位和个人记功的决定：

南极洲考察队、"向阳红10"号船、海军"J－121"打捞救生船、海军航空兵179号直升机组各记集体一等功；

南大洋考察队记集体二等功；

郭琨、张志挺、董兆乾、颜其德、开长虎、王维华、刘宝珠、徐兆富、于志刚等9人各记一等功；

金庆明、周志祥等35人各记二等功；

马怀和、蔡淳等268人各记三等功。

随后，党和国家领导人给立功单位和个人颁发了奖旗、奖状。

李鹏在大会上讲了话，他首先代表中共中央、国务院，向南极考察编队的全体同志，向所有为这次考察建站作出贡献的有关部门和省、自治区、直辖市的同志，向中国人民解放军海军指战员，致以热烈的祝贺和亲切的慰问。他说：

从你们离开祖国的第一天起，全国各族人民就以极大的热情注视着你们的行动，为你们取得的每一个成就而高兴，也为你们遇到的每一个困难而担心。

全国人民的心和你们是连在一起的，你们的胜利极大地鼓舞着正在为四化建设奋斗的全国各族人民，你们的开拓精神和克服困难的勇气为我国青年一代树立了学习的榜样。

李鹏还说：

南极科学考察事业对我国来说还是刚刚起步，我希望我国科学工作者再接再厉，踏踏实实，奋发努力，使我国的海洋开发利用和极地考察事业有一个较快的发展。

据有关资料表明：

我国首次南极考察期间，国务院和各有关单位发给考察队的贺电、慰问电达 54 份。随考察队出征的记者、摄影师先后共写新闻报道稿 533 篇，拍摄的录像、电影资料片，完整地记录了中华儿女远征南极洲所创造的英雄业绩。

中央人民广播电台记者杨时光、《光明日报》记者金涛表现突出，完成任务出色，他们受到各记二等功一次的奖励。

庆功授奖大会结束后，首都文艺工作者表演了精彩的文艺节目。

首次南极考察是一次特殊的任务。其特点是：参加的单位多，时间长，航线新，任务重，要求高，有艰险。靠什么力量把591名队员凝聚起来，组成一个坚强的整体呢？

早在出发前的准备阶段，中共首次队临时委员会就提出要把这支队伍建成有理想、守纪律、勇于拼搏的战斗集体。在考察的实施阶段又开展了"讲理想，为国争光；讲精神，顽强拼搏；讲大局，和衷共济；讲科学，务求实效"的教育。

随着考察实践的深入，这一教育的内容又不断得到充实和发展。南极洲考察队进一步把"理想、纪律、拼搏"概括成"南极精神"4个字。

1985年5月，首次队刚回到祖国，中共中央理论刊物《红旗》杂志便在第10期上发表了题为《南极精神颂》的社论。

社论以简洁的文字，准确、全面、深刻地阐述了南极精神的基本内容和基本精神，高度评价、热情赞扬了考察队员们用自己顽强的意志、坚韧的毅力、沸腾的热血和辛勤的汗水凝成的这种极其宝贵的革命精神。

社论指出：

南极精神，就是不畏艰险、不怕牺牲、忘

我献身的革命英雄主义精神。

南极精神，就是遵守纪律、团结一致、齐心协力的集体主义精神。

……

这种纪律，是在斗争中形成的充分发挥创造性和主动性的纪律，是自觉的纪律。这是我们事业取得胜利的基本保证。

南极精神，就是脚踏实地、一丝不苟、严肃认真的科学求实精神。南极考察是一项带有探险性的事业。

……

南极精神，就是发奋图强、立志振兴中华的爱国主义精神。

考察队队长郭琨同志说得好："振兴中华，为国争光，用我们的血肉筑起我们新的长城。"有了对祖国的热爱，就有了力量的源泉，就有了自觉的行动。

勇士们正是怀着振兴中华的雄心壮志，把祖国鲜艳的五星红旗第一次插上了南极的乔治王岛。

社论还指出：

南极精神生动地体现了中国人民在四化建

117

设中不可动摇的坚定信念和自立于世界民族之林的豪迈气派。

首次南极考察所取得的成就，再次向世界证明：中国人民有志气、有能力为人类文明的发展，作出自己卓越的贡献。

我们的时代，我们的人民需要南极精神。提倡和发扬这种精神，必将进一步激励我国人民在四化建设中披荆斩棘，开拓前进。

本书主要参考资料

《国史全鉴》本书编委会编 团结出版社

《共和国五十年珍贵档案》中央档案馆编 中国档案
　　出版社

《共和国要事珍闻》郑毅 李冬梅 李梦主编 吉林文
　　史出版社

《中国大决策纪实》黄也平主编 光明日报出版社

《南极探险纪实》颜其德 董仁威著 四川科学技术出
　　版社

《心系长城站》郭琨著 海燕出版社

《南极考察记》张青松著 知识出版社

《当地中国的南极考察事业》本书编委会著 当代中
　　国出版社